からたちの花

吉屋信子

文遊社

目次

読者のみなさまに

この物語は、わたくしにとっても、大好きな、作品です。このお話の主人公《ヒロイン》麻子の、小さな魂のけなげな成長の道を、じっと見つめてくださるとき、心やさしき皆さまは、ほのかな涙と、それ以上に一つの『考え』を、持ってくださるはずと信じて、わたくしは、この書を世におくり出します。

作者しるす

赤ちゃん時代

麻子が生まれたとき——赤ちゃんのときはだれだって、みな赤いふうせん玉のようなお顔をしているらしい——美人だか、美人でないか、目鼻だちは、はっきりわからない。ただむやみにりきんで泣いて、お乳をほしがるだけだ。でも、麻子のおかあさまは、母親とくゆうの神経で、生まれたての赤ちゃんのよしあしを、たいへんごしんぱいになるのだった。

「男の子ならともかく、女の子は顔がきれいならきれいなほど、しあわせなんだから」

それが日ごろのおかあさまの口ぐせであり、人生観であり、主義であった。さすがに、その主義の所有者の子どもだけあって、麻子のおねえさんは大へんなきりょうよしだった。だからおかあさまの理想の娘である。で、そのしたの女の子として生まれた麻子もまた、とうぜんおねえさまよりもまさってさらに眉目うるわしき子なれと、おかあさまはいのっていらしった。で、生まれるまえの胎教がたいせつとばかりに、おかあさまは汚ないもの、みにくいものを、いっさい眼に入れないおつもりだった。

そしてごじぶんのお部屋のかべには、小野小町だの、衣通姫《そとおり》だの、古びた軸をどこからかあつめて、かけておかれた。若いおばさまがそれを見て、

「あら、おかしいわ、こんな古くさい美人が生まれたらこまりますわ。それよりこれに遊ばせ」

と、そのとうじの女学生だったおばさまたちのあいだにもてはやされた、リリアン・ギッシュ、コーリン・ムーア、メリー・ピックフォードなどのブロマイドを持ってきてかざりたてた。

「だって、こんな眼のあおい外国の子が生まれたら、大へんじゃありませんか、ホホ……」

「かまいませんわ。つまりこういう美人を日本にほんやくした子が生まれればいいんですもの」

若いおばさまはあくまで、リリアン・ギッシュやコーリン・ムーアを、日本にほんやくした姪が生まれるつもりでいた。それでおかあさまの産室はにぎやかだった。小野小町も衣通姫も、ハリウッドのスターたちも、ごちゃまぜの美人ぞろいである。それでさて生まれる子がもし男の子だったなら、どんな美男が生まれるかしらと大笑い

だった。しかしおかあさまの心もちでは、すでにいちばんうえが男の子、つぎが蓉子さんというつくしい娘、そのつぎがまた男の子だったし、そのじゅんでゆけば、まうつくしい女の子が生まれるべきなのだった。

さて、月みちてオギャアオギャアーと生まれたのは、ふうせんだまのような赤い顔をした赤ちゃんだった。女の子！　それでさっそくおかあさまは、ときどき部屋にかざった写真のおかげかと、まいにち赤ちゃんの顔をながめていらした。

「なんだかすこし、この子へんじゃない？」

と、おかあさまは首かたむけた。

映画スターのブロマイドなどを持ちこんで、美人製造におうえんした責任があるので、若いおばさまも気になると見えて、しきりとその赤ちゃんの姪の顔をさしのぞいたが、小首をかたむけて、

「まだよくはわからないけど、でも、お部屋にかざる美人画は、いっそどれか一まいにしたほうがよかったかもしれないわね。赤ちゃんだって、どれに似ていいか、まごついてしまって、もしかすると、どれにも似ていないかも知れないけど、でも、わたしのせいじゃないわ」

と、いまさら無責任もはなはだしい。だけど、おばさまは生まれたばかりの姪を、やはりかわいいとは思っていたらしかった。

「だけど、髪の毛はこんなにふさふさしておおいし、眼だってりこうそうじゃないの。きっとこの子、おりこうちゃんよ」

と、小さい姪の美点をはやくもかぞえあげた。

さてこの赤ちゃんの命名式がおこなわれた。長女には、蓉子などという麗人らしい美しい名まえをつけたおかあさまは、次女には百合子とか桜子とか、花の名まえでもつけたかったが、でも――まだよくわからないが、まんいちその赤ちゃんがそれほどきれいでもないときに、名まえばかり百合子だの桜子だのではおかしいと、さきのさきまで考える母心から、花などにはえんのない、あたりまえの、ごくへいぼんな名まえをつけておくほうがばんじぶじだと思われた。

それで赤ちゃんの名まえは、かんたんに朝生まれたから朝子がよかろうというおとうさまの説であったが、れいの若いおばさまが、同じあさなら植物の麻のほうがちょっと渋くておもしろいわ、といったので、ただちのその字にきまってしまった。

「麻ちゃん、わたしが名づけ親になってしまったんだから、きれいにおりこうちゃんに育ってちょうだいね」

それいらいおばさまは、無心の麻子を見るたびにほおずりしていいきかせていた。

さて麻子ちゃんはだんだんにそだっていった。歯も生えてきた。しょうじの桟につかまって立つようにもなった。で、目鼻だちもどうやら見さだめがついたわけである。そのけっか、ねえさんの蓉子さんより、どうもおもしろくないようである。(やれやれこまったことだ)とばかり、おかあさまは早くもなげきのいろを見せた。

知りあいの人たちが、麻子を見てあやすときのごあいさつは、かたのごとく、

「まあ、かわいい赤ちゃんですこと」

などというと、おかあさんはかえってきまりわるがって、

「いいえ、どういたしまして、どうやらこの子は持参金らしいと心配しているんでございますよ」

と、ま顔でいうのだった。

おばさまのお嫁入り

麻子が四つの年のくれであった。それまで麻子の家にいて、女学校を出てからおけいこごとにいそしみ、麻子の名づけ親になって、麻子ちゃんを一ばんよくお守りしてくだすった若いおばさまが、お嫁にいらっしゃることになった。高髷に振袖すがたのおばさまは、ろうたけて美しかった。結婚の式場にはおとうさまもおかあさまもごいっしょにいらっしゃるのだったが、姪や甥たちは小さくてまだ式場には出られなかった。でも、式後の夜の披露会には、大にいさんとねえさまの蓉子さんだけは、おかあさまにつれられて出ることになっていた。お顔も良いがずいぶんおしゃれもねっしんな蓉子さんは、まだ十才の少女だのに、はじめてつくっていただいた総模様のふりそでに錦糸の帯をむすんで、すっかりおすましで、小さい花嫁さまのように気どっていた。お祝いにきた出入りの人たちはそのすがたを見て、くちぐちに、

「蓉子さまも、いまにどんなおきれいな、花嫁さまにおなりでしょうね」

とほめそやすと、おかあさまはとくいまんめんだった。で、いよいよおばさまが花

嫁すがたでお家をお出になるとき、

「麻子ちゃん」

と、やさしくお呼びになって、髪の毛だけはたしかにおおく、ふさふさとうつくしい麻子のおかっぱをなでて、

「麻子ちゃん、あなたの名づけ親のおばさまを、いつまでもわすれないでね。もうおばさまはおうちにはいないのよ。だけど、麻子ちゃんはおとなしくおりこうな娘にそだってゆくのですよ。おばさまはいつも神さまにいのっていますわ。そして――」

といいかけて、そっと小さい声で、麻子ちゃんの耳に口をつけるようになすって、手をにぎりながら、ちからづよくささやかれた。

「ね、あなたはおねえさんの蓉子ちゃんのようにきれいでないけれど、そのかわり心をきれいにして、だれにもかわいがられるようになるのね。心のきれいな人は、顔のきれいな人よりも神さまはお好きなのよ」

と、麻子をだきしめて、つめたい小さい頬にくちびるをおしつけると、そっと立ちあがって、衣ずれの音もしずかに玄関のほうに出ていらしった。

そのうしろすがたをぼんやり見おくりながら麻子は、この世における、さびしい悲

しいやるせなさ、という感情をはじめてあじわった。

じぶんの名づけ親として、じぶんを生まれたときから見まもっていてくれたあのおばさまが、もうこの家の人でなくなってしまうのであるという悲しみが、おさない麻子にもばくぜんと感じられるのであろう。それからおばさまが、じぶんからはなれてゆくさいごのはなむけとしておくったことばが、四つの童女の胸につよくつよくなにかを銘じたのだった。でも、きれいでないということが、どんな損失であるかということを理解したわけではない。四つの童女には顔のことなどがなんの気になろう。ただ蓉子ちゃんはきれいなので、麻子ちゃんはおとなしい、いい子でなければならないということなのだった。ほんとにおねえさんの蓉子ちゃんはあんなにも、おばさまと同じようにきれいではないか、麻子はおとなしくしなければいけない。いそがしさに置きざりにされた麻子は、はじめてのさまざまの感情のけいけんにあっとうされながらも、小さいからだに雄々しくたえていた。小さい両手を八つ口に入れて、じっと立っている小さい麻子、黒いふさふさとしたおかっぱの前髪のしたに見はられた大きい黒い双の瞳、それは思いぶかげな色にしずんでいた。四つの女の子がどんな深い感情にとらわれているかもしらず、家の人々はお嫁入りのこんざつに取りまぎれて、小さい彼女の存在などは忘れていたのだった。

妹の誕生

麻子はおばさまに（おねえさんの蓉子ちゃんのようにきれいでないから）といわれたときも、少しもそのことばが麻子を傷つけはしなかったほど、まったく顔のことなど気にしていなかったのだが、しかし、やがてそのことばを悲しい意味で思いおこすようなときがきた。

それはおばさまがお嫁入りをなすった年がくれて、麻子が五つになった春、梅の花の咲くころであった。麻子の妹が生まれたのである。

「麻子ちゃんはおねえちゃんになるのだから、おとなにしなければいけませんよ」

と麻子を見るたれかれによくいわれたので、麻子はじぶんもこんど（おねえちゃん）というものにいよいよなるのだとおもうと、なにかひどく出世でもしたように、えらくなるような気がしていた。

やがて赤ちゃんがまたひとり、麻子のおうちにふえたのである。それは女の子だった。あたらしい赤ちゃんは生まれたときから、なんとなく玉のような赤ん坊だった。おかあさんはうれしそうに、

「この子は蓉子の赤んぼうのときにそっくりだこと」

と、いささかごじまんらしかった。お七夜に、この子の名まえは桜子ときまった。家じゅうのひとびとは、その赤んぼうがしょうらい桜子という名にけっして恥じないすばらしい娘になるという自信があったからであろう。日だつにつれて、桜子ちゃんはお人形のようにかわいくなった。そしてたちまち家じゅうのペットになってしまった。おかあさんはせっせと、まだろくに着せ栄えのしない小さい赤ちゃんに、きれいなおべべを着せるのにいそがしかった。

「蓉子や桜子ちゃんにはきものの着せがいがあるけれど、麻子ときたひには、なにを着せても引きたたないで」

と、あきらめたようにいうのだった。結婚されたおばさまが、ある日のことひさしぶりにおとずれたとき、あいかわらず麻子のおかあさんは、桜子と蓉子のためのきものを縫いかけていた。

「おねえさまは、蓉子さんと桜子ちゃんばかり、かわいがっていらっしゃるんじゃないかしら?」

「ホホホ……そんなわけじゃないけど、あの子には、なにを着せても引きたたないものだからねえ、つい――」

「だっておねえさまは、麻子ちゃんにまで、蓉子さんと同じような赤いものばかりお着せになるからだめなんですわ。麻子ちゃんは、蓉子さんや桜子ちゃんとちがった、個性のつよい顔をしているんですもの。麻子ちゃんは、またそれに似あったもようのを着せれば、きっとそれでりこうそうにかわいく見えると思いますわ」

「だってあなた、まさか男の子のようなきものも着せられず――」

「あら、いやあねえ、なにも紺がすりのきものをお着せなさいって、もうしあげるんじゃございませんわ」

「あなたはばかに麻子びいきねえ、ホホ……」

「そりゃそうですわ、わたしは麻子ちゃんの名づけ親で、お守りをしてあげたんですもの。それに、第一おねえさまはじめ、みなごきりょうごのみで、きれいな蓉子ちゃんや桜子ちゃんばかりをむちゅうでかわいがるようなんですもの、わたしでも麻子ちゃんをかわいがらなければかわいそうだわ、あああ、わたし麻子ちゃんと遊んであげようかな」

と、気がるく立ちあがると、麻子を呼んでやさしくあそんでくださるのだった。

家じゅうの人たちをはじめ、出入りの者まで、きれいな蓉子ちゃんや桜子ちゃんにちやほやして、(まあおきれいなお嬢さま)というのが、いちばんその家にとってのてきとうなおせじのつもりでいるのだった。そのなかにおばさんひとりは敢然として、その人たちへあてつけのように、

「麻子ちゃん、麻子ちゃん、麻子ちゃんはとてもりこうそうなお顔をしているわね」

と、反抗的にいって、麻子ひとりをかまってくだすった。

だから麻子は、おかあさまよりも、おねえさまよりも、おにいさまよりも、このおばさまがいちばん大すきだった。おばさまが遊びに一日いらしっていて、ゆうがた、お嫁入りさきへいそいでお帰りになるときは悲しかった。

「おばちゃやま、またいらっちゃやいね」

といって別れをおしんで、そのたもとにまつわるのだった。ところがその秋、その大すきなおばさま、ただひとりの麻子の後援者のおばさまが、新しいおじさま(すな

わちおばさまの良人）といっしょにアメリカのニューヨークへいらっしゃることになった。おじさまのお勤めさきの外国支店へ転任なさることになったのである。横浜から大きなお船でご出立のときには、麻子姉妹も、おとうさまおかあさまとごいっしょにお見送りに行った。麻子たちは大きいお船をはじめて見るので、みんなめずらしがってはしゃいでいた。おじさまが写真機をお出しになって、

「お別れの記念撮影をしますから、ならんでください」

と、おっしゃった。おばさまを中心に、小さい甥や姪があつまり、うしろにおとうさまとおかあさまが、にこにこしてお立ちになった。

「はい、よろしい！」

おじさまはシャッターをお引きになった。

「お船のなかで現像して、ハワイのホノルルへ寄ったとき、あすこから郵便でおくります」

と、おじさまはおっしゃった。

「麻子ちゃん、こっちへいらっしゃい」

と、おばさまはそっと麻子の手をお引きになった。そして小さい声でおっしゃった。

「ね、麻子ちゃんとふたりだけでお写真とりましょうね」と、甲板のらんかんへ行ってお立ちになった。そしておじさまのほうへ向かって、「あなた、もう一まいとってちょうだいね」

おじさまはこちらに写真機をお向けになった。秋の空は高かった。港の波は、青くしずかだった。そしてこれから海をわたるというお船のなかで、いま別れればあと幾年たって、ふたたび会えるかもしれぬ大すきなおばさまに手を引かれて、麻子はレンズにおさまるのだ。

それと知ってか、めずらしい大きい船を見てはしゃいださきほどの気持もどこへやら、麻子はおばさまのおひざにじっともたれた。おばさまがどっか遠くへ行っておしまいになるのだと、だれやらがいっていたことばが、きゅうに麻子をさびしく悲しくさせた。

「おばさま、とおくへ幾年もいくねんも行っていらっしゃるって、ほんとう?」

麻子があまえたようにおばさまを見あげて、そのことをききただそうと思うとき、

「さあ、麻子ちゃん、いいかい?」

おじさまの声がした。と、おばさまのお手がしっかりと麻子の小さい手をにぎりし

めた。麻子はきゅうに悲しく心ぼそく、むちゅうで麻子もおばさまのお手をにぎりしめた。

（おばさま、どこへもいらっしてはいや）——そうねがうように、おばさまのお手々を強くつよく、はなさじとにぎりしめていたかったのだ。

「おばさま、麻子をおいて行ってはいや」

こういったとき、麻子は涙ぐんで、その黒い瞳からぽろぽろと、涙のしずくがこぼれ落ちてしまった。

「はい、よろしい！」

おじさまはシャッターをお引きになった。

そのとき甲板に銅鑼の音が、人をせき立てるように、気ぜわしく鳴りひびいた。いよいよ船の出帆の時がきた知らせだった。

「では、おふたりともごきげんよく——」

おかあさまたちお見送りのひとびとが、おばさまとおじさまを取りかこんでごあいさつをなさる。

「おじさんとおばさんに、さようならをいうのを忘れないで」

と、おとうさまが子供たちに注意なさる。中学の制服のおにいさんがまっさきにすすんで、

「おじさま、おばさま、行っていらっしゃい。アメリカからお帰りのときは、ぼくにもすてきな写真機をおみやげにわすれないで——」

と、はなはだよくばったお別れのごあいさつをして、みなを笑わせるのだった。

「おじさま、おばさま、ごきげんよろしく」

と、おねえさんの蓉子は、ひどくおすましやで、気どったおとなびたごあいさつをもうしあげた。つぎが小にいさん、

「おじさんおばさん、グッドバイ!」

と、げんきよく挙手の礼をした。そしてつぎが麻子の番——だのに小さい彼女はにいさんやねえさんたちのように、とてもあたりまえのごあいさつが平静にできなかった。

涙でいっぱい彼女の顔はぬれていた。

「おばさま、いってはいや!」

ただこういったのが、せいいっぱいのごあいさつだった。

その幼い姪のかなしいごあいさつを受けたとき、若いおばさまのお眼にきらりと光るものがあった。

「さあ早く降りないと、もうお船が出てしまうよ」

と、おとうさまは、子供たちを追い立てるようにお船をお降りになるのだ。

でも、麻子は甲板をうごこうとしなかった。

「麻子もお船でアメリカへ行くの！」

そう彼女は声をはりあげた。

「そんなばかをいうんじゃないよ、麻子」

おとうさまはこまって、おしかりになりながら、麻子をいきなりだきあげて、波止場へぐんぐんおりておしまいになった。

すこしずつ波を立てて、船はしだいに岸壁をはなれて行く。

「おばさま、いってはいや」

むなしい叫び――いくらいってもさけんでもかいないねがいを、五つの女の児は声をかぎり、まださけぶのだった。見送りのお友だちから送られた、うつくしい門出の花束を、胸におだきになったおばさまは、甲板からその小さいあわれな姪を、じっと見つめて涙さしぐまれたらしかった。

「麻子ちゃん！」

こう麻子のほうを見つめてさけびとおされた。でも、見送り人でこんざつする波止場の人ごみのなかで、小さい女の児の麻子は、おとなの人たちのあとに押しかくされてしまうのだ。いくら背のびをしてもだめだった。船はしだいしだいに沖へとはなれ進むものを！

「おばさま！」

と、呼べど、もうそれはどうしてお船のうえまで聞こえようぞ。小さい女の児のかなしい叫び声は、海の汐風が五色のテープを切りちらすように、吹き飛ばしてしまうのだった。

涙でいっぱいになった女の児の瞳に、いたいほどしみいる、秋の空の青さもつれなかった。麻子は桜木町から東京へかえる電車のなかで、しょんぼりして沈みきっていた。

しばらくして、ホノルルからおじさまとおばさまのお出しになったお手紙が麻子のお家にとどいた。そしてそのなかには船出のとき甲板でお撮りになった記念の写真が二まいはいっていた。一まいはみんなと一しょに撮ったもので、もう一まいは麻子とおばさまのふたりだけのだった。

「やあいだァ、麻子はベソかいておかしいぞ」

と、小にいさんは笑った。

ほんとに、それはおかしかった。麻子はおばさまに悲しげにしがみつくようにして、そして、いまにも泣き出しそうに、泣きたいのをがまんしているあわれなようすだった。

「麻子ちゃんって、おばかさんね、お写真とるときは、もう少しおすましするものだわ」

おねえさまの蓉子が、写真のとりかたに不用意な妹をたしなめた。

でも、それはむりだった。麻子は写真にじぶんがよくうつりたいよりなにより、ただもうむちゅうでおばさまへのお別れがつらかったのに——。

麻子は、その写真を手にとりながら、おばさまのお顔をなつかしく、いつまでも見つめていた。そして、そのお写真のうらになにか文字の書いてあるのを発見した。麻子はじぶんの名がひらがななならおぼろに知ることができた。

麻子がその字のなかにじぶんの名を見出して見ていると、わきからのぞいていた蓉

子が取りあげて、

「どれ、おねえさんが読んで聞かしてあげるわね」

と、声をはりあげて読んだ。

「おばさまは、このしゃしんを、アメリカでまいにちみて、だいすきな、あさこちゃんのためにまいにち、いのっていますよ」

麻子はねえさんの読みあげる声のしたから、いきなり、わっ――と泣き出してしまった。

「ホホホホホ、麻子ちゃんはもう赤ん坊じゃないのよ。だのに、そんなにヒーヒー泣けば、みっともないことよ。そしてお顔がお猿さんみたいにへんになることよ」

とねえさんの蓉子は妹をわらった。この妹がどんなにわかれたおばさまへの思慕にたえかねて、小さい胸いっぱいの感傷にうたれているか――とても蓉子には察し、理解してやることはできなかったのだ。

おかあさまはおばさまの渡米記念のその写真を、アルバムにおはりになった。そして、麻子とおばさまとふたりのも、おはりになろうとしたとき、

「これはあんまり麻子がみっともない泣き顔でうつっているから、人にお見せもでき

ないね」

と、こまった顔をなすった。

「あたしにちょうだい」

麻子は、その写真をとうといもののように手にとって、ふところにいれた。そして、じぶんの所有物全財産をおさめてある、朱塗りの小さい手箱にいれた。その箱は、赤いうるしの上に銀箔で小さい白菊がえがいてあるもので、あのおばさまが、お裁縫をお家でならっていらっしったころの針箱に使っていらっしったものだった。

お嫁入りのまえ、いろいろ持物をせいりなすったとき、麻子はそれをもらったので、そのなかには小さいキューピーさんだの、三つのころおばさまの編んでくだすった赤い毛糸の手袋の、いまは使えなくなったのや、キャラメルの箱のなかから出たカードがたくさん、それにナンキン玉の指輪だの、古いリボンだの、色ガラスのおはじきだの、千代紙だの、いっぱい彼女のたいせつな幼い日の『思い出《スーヴニール》』がはいっているのだった。そのなかに、その写真はたいせつに、とくに小桜もようの千代紙につつまれておさめられた。

かまわれない子

麻子は家じゅうで、存在のうすい子になっていた。おねえさんの蓉子は、たけなす黒髪とともに家じゅうに開きにおう花のようだったし——妹の桜子は歯がはえはじめて、たつたができて無心に笑って、家じゅうのペットになって——そして、そのあいだにはさまる麻子は、だれにもかまわれなかった。

かまわれない子は、だからひとりの時間がたくさんあった。

ひとりほうっておかれる子は、そこであたえられた運命のまま、ひとりであそぶ方法を発見していた。

それはこういう種類の遊びかただった。

麻子がお家の二階のおざしきへあがったとき、そのお二階は、二間つづきの客間用のおざしきで、ふだんは人気《ひとけ》がないのだ。何しにあがったのか——麻子はいつのまにか人のいない部屋をすきな子になっていた。人がいても、認識されない、かまわれない子は、いつも人ひとりいないひろいおざしきにひとりぼっちで、つくねんとしているのが、じぶんにふさわしい世界だったのである。

床の間には、四季おりおりの軸がかかる。山水の絵も、草花に小鳥のあそんでいる絵も、お正月用の波に日の出の絵も、夏になれば青葉に滝の絵も、秋は紅葉に鹿の絵も、冬は雪をつもらせた寒牡丹の絵も、麻子はみんなよくおぼえておなじみになった。そのまえの花瓶におりおりはいるいけ花、くろい紫檀の応接用の机も、かざり文棚のうえの置物も、麻子のひとりあそぶすがたを見まもるのだった。

そのひろいおざしきを、ひとりであるいて、おまどから遠い空を見る。雲がとぶ、よそのおうちの屋根が見える。遠くの木立のこずえも黒く眼にうつる。そういう風景をながめていると、あたりはしいんとして、まるで、高い深山のおくの森のなかに、おさない女の子がひとりぼっちで踏みまよっているようで、悲しくさびしい、おそろしいような、けれど、なにかじぶんひとりが童話のなかの、まよえる王女になっているような気持で、麻子はふしぎなたのしさをあじわったのだ。

すこし光線がとどかない、ほのぐらい床の間の、ちがい棚のうえにのせてある剝製の鷹が、そんなとき、ばたばた羽ばたきしているように思えた。ガラスの眼のはずだのに、鷹は『ひとりぼっちの小さい女の子』を見つめてかんがえているようようだった。

ああほんとに深いふかい森のなかの原始林だった。ふすまは絶壁の岩にみえた。のぼろうたってのぼれないのだ――ときとすると、おざしきの机のまえにしいてある黒熊の皮が、いきなりもくりとうごくと見るまに、四あしそろえて頭を持ちあげ、のっそりと麻子のそばちかく歩みよってくるのだ。大きな熊！

どこへ逃げよう、ひろい森のなか、助けを呼んでもだれもこない――麻子は、ばたばたと一生けんめいにげ出した。そして階段を飛びおりるように、その階段は、そうほうから古びたくらい壁にはさまれたほそ長い空間をつくって、そのなかをななめに階段がつづいているのだった。

麻子はそこを、とんとんと熊に追われつつ逃げるきもちで、足ふみすべらした。どどうっ――すさまじいいきおいで、千尋の谷底に小さいあわれな王女は転落して行こうとした。

でも、幸運にも、王女はその谷のなかほどで助かった。奇蹟的に脚があがり段にこしかけた形で、下まで落ちずにすんだ。

もし、ちいさい彼女が、すってんどうと、下まで落ちきったとしたら、いくらかまわないおかあさんたちも駆けつけてきたろうに、彼女は下まで落ちずにすんだのだった。

　麻子はあやうかったおどろきに打たれたまま、しばらく階段のちゅうとにこしかけて、やがておとなびた頬づえついて、そこにじっとうごかないでいた。

　あのしずかな森林のように見え感じた二階のおざしきとちがって、またあらたな世界が麻子のまえにえがき出された。それは、その階段のとちゅうにじっと腰かけていると、まるでふしぎな洞窟のなかに息をのんで、身をひそめている、敵兵に追われるいさましい王子のような気がしたのだった。

　上はお二階の明かるいえんがわ、下を見おろせば、くろい板の間、そして両側はつめたいかべ、それが洞窟のなかの、ポトリポトリと水のしたたる岩に見えて、下は古城につうじる秘密の抜け穴かと見えた。

（ここにかくれていなければ敵兵がくるのだ。じぶんのお城の兵隊はもう負けてしまったのだから）

　麻子は童話のすじをこう考えてしまった。

　ときどき階下のほうで、母や女中たちの話し声がすると、麻子は、それは敵の王子のゆくえをさがす敵軍の声に聞いた。そして、まえよりもずっと身をすくめてしまった。

どこかで足音がして、そして近づく――麻子は息をすくめて思わず眼をとじた。童話のさし絵でよく見る甲冑をつけた兵隊が、ながい槍をいま洞窟のなかにさし出すかと思えて――

「まあ、おまえ、そんなところになにをしているの、へんな子だねえ」

麻子のおかあさまは、あきれて下の板の間から見あげていらっした。

洞窟のなかに身をひそめた王子の夢はやぶれたのだった。

でも、麻子はまいにち、あの鷹と熊のすむ、しずかな森林のなかにさまようあわれなまよえる王女の幻影と、そして、古城のぬけ道の洞窟に、敵兵におわれるいさましい王子の夢をくりかえして、きみょうなひとり遊びを、そっとつづけて飽くことを知らなかった。

おもえば、それほど麻子はさびしい現実の『かまわれない子』からのがれて童話の『空想』の世界へ逃げて、ひとりなぐさめ、子供のときをおくるすべを知ったのである。

おさなくして、すでに幻影をえがくになれ、夢を追うことをかなしいならわしとする子は、七つの春まで、こうして家にいるときをひとりあそんだ。

小学生

麻子は一年生になった。

それは麻子の生活の、ひとつの大きな飛躍だった。いままでは、家のなかが彼女にとっての全世界であり、宇宙であった。だのに、いまから彼女は家いがいの学校というところに身をおくのだったから。

学校、この集団生活は、麻子にめずらしいはじめての経験としげきをあたえた。

どちらを見ても、じぶんとおなじくらいの女の子の、なんとたくさんいることよ。がやがやと、わあわあとたえまないおしゃべり、うごき、笑う子、泣きべその子、怒る子、すねる子、お鼻をすする子、さけぶ子、友をよぶ子、ころぶ子、走る子、思いさまざま、形さまざまの、その女の子の一団、けれど、麻子のように、ぼんやりと、じっとしている子はひとりもなかった。

鐘が鳴ると、みなおしだまって、しゃべりたいのを、突っつきたいのを、泣きたいのを、はねたいのを、走りたいのをやめて列をつくる。校庭の垣のそとまで飛び出した毬にこころをのこしながら、どこかへふりおとしてきたおはじきを惜しみながら、誰かさんのいじわるにたいして、もっとにくらしい口返答を、しかえしてやりたいのをがまんしながら、はばかりへ行っておけばよかったのにと思いながら——めいめいが、学校の始業の鐘のおそろしい偉大な命令に、ぜったいふくじゅうして教室へはいる、この集団生活のおきて——ひとりずつかってなふるまいのできぬ生活と時間のきまりのなかに、麻子も、たくさんの小石が一つの土管のなかをおし流されて行くようにそのなかにまじる一つだった。だから、もう麻子はあの家のなかで、ひとりきりの時間を思うままにとって、鷹や熊の森や、古城へぬけ出る洞窟の幻影にすむことなぞ、思いもよらなかった。

でも、それでもよかった。学校へきて麻子はうれしかった。一年の受持の先生は、おわかい女の先生だった。ハ、ハナ、ハト、マメ、アメ——と、みんなで声をそろえて読本をよみながら、麻子は教壇に立っている先生を見つめたとき——（おばさまに似ていらっしゃる）とすぐ思った。アメリカに行っていらっしゃる、あのおばさま、麻子の名づけ親、そして、いちばん麻子をごひいきでかわいがってくだすった、あの大すきなおばさまに似ていらっしゃる、麻子はそう信じた。

その先生が、ほんとうにあの美しいおばさまに似ていらっしたのか、どうか――もしかしたらそれも麻子の幻影かもしれなかった。でも、麻子はそう考えることが、幸福だったにちがいない。

だから、麻子はよろこんで学校へ行く子だった。いい小学一年生だった。

二年に進級したときも、その先生は持ちあがりで、やはり受持になった。

麻子はアメリカのおばさまへ、こういうお手紙を書いた。それはおかあさまや、ねえさまや、にいさまの手紙といっしょに封されて、大きいにいさまが封の表書をなすって、はるばる太平洋をわたって、おばさまの手もとへとどくものだった。

おばさま、ごきげんいかがですか。あさこは、まいにち、よくごべんきょうしています。あさこの、せんせいは、おばさまに、にていらっしゃいます。あさこはうれしいのです。さよなら。

「すぐ、さよならっておかしいわ、おたいせつにってかくものよ」

蓉子ねえさんが麻子の手紙を批評した。

半月たつと、おばさまからおへんじがとどいた。麻子への分ももちろんはいっていた。

あさこさん、おてがみありがとう。あさこちゃんはがっこうはよくできるこだとおもって、おばさんは、あんしんしています。おばさまに、にていらっしゃるせんせいなら、きっとおばさまのように、あさこちゃんを、だいすきで、かわいがってくださるとおもって、あんしんしてよろこんでいますよ。

おばさまは、麻子について、いつもあんしんしていらっしゃるのだった。
でも麻子は、かんがえた。おばさまがあんしんしてくださるように、ほんとうに先生は麻子をかわいがっていらっしゃるかしら?　そうなると、たいへん心ぼそかった。麻子はじぶんが人に愛されることには自信が持てなかった。あのおばさまをのぞくほかは——だから、人に愛されるということには、敏感におくびょうになっていた。
もし、先生が麻子をかわいがってくださらなければ、おばさまのあんしんのひとつをこわしてしまうのだと思うと、気が気でなかった。

麻子ははじめて『愛されたい努力』をするようになった。

三年生になって春の遠足のとき、郊外の野道でひとりの生徒が、どこかからだのぐあいが悪くなったのか、列におくれて泣き出しそうになってしまった。先生はそれを見つけると、すぐそばによって、その子の手をやさしくとって、いたわりながら列のわきを歩いていらっしゃるのだった。

麻子は、それを見ると、じぶんもそうしてほしかった――やがて小さい彼女はこういい出した。

「わたし、足がいたいの――」

そして、泣きべそのお顔をして見せた。それが麻子が生まれてはじめてついた、(愛されたいための)うそだった。

「せんせいイ、青柳さん足がいたいんですゥ」

まわりの子が大声でほうこくした。

先生はひとりの子の手を引きながら近よっていらっした。麻子はそのお手につかまろうと思ったが――先生はいらいらなすっておっしゃった。

「みなさん、ひとまねをしてはいけませんよ。みな歩けない人ばかりできては大へんじゃありませんか」

麻子は、じぶんのうそが早くも先生に見やぶられたので、まっかに火の玉のような顔をして、にわかにぐんぐん歩き出した。

「ひとまね、こまねエ」

まわりの生徒たちはざんこくにはやしたてた。こんどはほんとうに麻子は泣きそうになった。それはうそをついたということの恥と、もひとつ、もっと、はずかしいと思ったのは、そのうその原因が、先生に手を引いてもらいたかったということ――もしも、それを先生やみんなが知ったら、もうあすから学校に行くのはいやだ。麻子は二重の恥に、小さいからだがおしつぶされそうになるのだった。

四年生になってから、二学期のおしまいだった。その受持の先生が学校をおよしになることになった。

「みなさまが一年のときからきょうまで四年間、ずうっと受持っていましたのに、一身上のつごうでお別れすることになり、先生もかなしくて――」

とお別れのとき、おっしゃったら、生徒のうちでもいちばんはやく、麻子は敏感に泣きだした。そして、それにつづいて泣いた子がいた。そんなに泣けない子は、きまり悪そうにしたをむいていた。

麻子は、おばさまに似た先生が行っておしまいになるのが悲しかった。まだ、はっきりかわいがってもらう自信の持てないうち、はなれて行かれるのがざんねん――そんな心持で、ただ涙が早く出たのだった。

そのよく年、三学期のはじまりに、お教室のストーブのまえで、じまんらしく二、三人の子が写真をみんなに見せていた。

「あら、××さん、よくうつっているわ」

「わたしへんだから見ちゃいやよ」

写真をかくしたり、取られたり、引っぱられたり大さわぎだった。

「先生とてもすてきね」

おしゃまをいう子がいた。

「だって、きまっているわ、お嫁にいらっしゃるまえですもの」

「ハハハハア」

笑い声とともに、写真がみんなの眼のまえにさらされた。先生という声に麻子もその写真をのぞいた。

そこには先生を中心に四、五人の生徒がかこんで、ちんとおすましている写真だった。

「ごひいきとお別れの記念ね」

だれかがにくまれ口をきいた。

「もう、これでごひいきは××さんと×ちゃんと△△さんと――すっかり、わかっちゃったわ」

「×ちゃんは、先生といっしょにお写真とるほどにごひいきだったのに、先生とおわかれの式のとき、クスクス笑ったりしたのよ」

「だって、泣いたりしちゃ、みっともないんですもの」

×ちゃんが写真を見せびらかしながらいった。

麻子は赤くなって、そこを逃げるように立ち去った――みんながじぶんを笑っているように思えて、はずかしくってしかたなかったのである。(青柳さんたら、ごひいきでもなんでもないくせに、まっさきにお別れのとき泣いたりして、おかしいわ)――こうみんなのひとは思うかもしれないと、じゃすいしてしまった。子供のくせに、もうそんなおとなびた、敏感すぎるじゃすいに苦しめられるあわれな麻子だった。それは——だれにも愛されかえり見られない位置におかれた幼女のいじけてゆく心理のかなしみだった。もしこのことばをいいかえるならば、だれに愛されずとも、すこしも愛情をもとめず、そんなこと平気で気にかけずに行ける子たちもあるのに、かわいそうに麻子という女の子は、ひといちばいの愛情をもとめる子だったのである。だのに、なんというぐあいの悪いことか、彼女はあいにくと特に人に愛されはしなかったのである。——思えば麻子の人生の小さな悲劇がここに生じる！

でも、アメリカにいらっしたおばさまだけは麻子をかわいがってくだすった。お別れのお船のうえでも、とくべつに麻子とだけ、ふたりで写真をおとりになったのだもの。だけど、学校の先生はせっかくおばさまに似たおもかげのかいもなく、お別れのときの記念の写真に麻子は、はぐぬけだったのだ。

こんどの受持の先生は、男の先生で、お年もめしてらっしたし、おなじ小学校の男の子の組の三年生に、その先生のお子さんがいたりしたので、『トーチャン先生』と、かげで呼ばれたりしていたほどで、もう、いぜんの先生のときのように、ごひいきはなやかなりし時代はなかった。

嫉妬

その夏、アメリカのおばさまから、一葉の大きなお写真がとどいた。

それはおじさまとならんで、洋装のおばさまが、おひざに白いベビー服を着たかわいい赤ちゃんをだっこしていらっしゃる写真だった。

「マリ子ちゃんて赤ちゃんが、おできになったのよ。マリ子ちゃんて、わたしたちの従姉妹になるのよ。アメリカ生まれの従姉妹ができたのよ」

おねえさまの蓉子が、妹の麻子と桜子にいってきかせた。

おばさまに赤ちゃんが生まれたの――麻子はがっかりした――もうおばさまは麻子をまえのようにかわいがってはくださらないわ。そんな手近にごじぶんの赤ちゃんが、お人形みたいに泣いたり、お乳をすったり、むずかったり、笑ったり、みんなおばさまを占領してしまうにそういないんだもの――。このじゃやすいはたしかなものだった。

おばさまは、赤ちゃんのおもりとそだてるのにいそがしくおなりになったのは、事実である。もういぜんのようにたびたび、あちらの色ずりの絵葉書を麻子へおくってくださらなくなった。

こうして、麻子の愛されるただひとりのおばさまも、麻子の世界から消えうせてしまった。

「赤ちゃん、バカ」

麻子はおばさまのだいてらっしゃるお写真のなかのマリ子の顔をゆびでついた。そして心のなかでいじわるく「おばさま、さよなら」とさけびたいきもちだった。この赤ちゃんのマリ子が、わたしのおばさまをとってしまって――と、アメリカ生まれの一才の従姉妹に、麻子は嫉妬を感じつつ、おばさまにかわいがられているという、一つのたいせつな自信を、その日かぎりすてねばならなかった、あわれな麻子！

もちろん麻子の嫉妬は、それにはじまったことではなかった。近くはわが家に大敵、桜子ちゃんがいるのだから――この小さい美しい妹は、五つも年上のねえさんの麻子をすっかり威圧して、家じゅうで愛される花のようだった。

うっかり麻子のそばで、桜子ちゃんがちょっとでも泣きだせば、たいへんだった。

「麻子、妹をいじめるんじゃありませんよ、おねえちゃんのくせに」とだれからもひなんされた。もし、桜子ちゃんがいじわるだったら、麻子のそばで、わざと泣き出したりして、麻子ねえさんをしからせておもしろがったかもしれないが、さいわいなことに、桜子ちゃんはそんなではなかったので、麻子はたすかった。でも、麻子は用心ぶかく、桜子ちゃんのそば近くへは、立ちよらないようにしていた。

ねえさんのくせに、小さい妹のそばへよらない用心をするなんて、なんとかなしい『用心』であろう――この桜子ちゃんへの嫉妬は、麻子の心の底に、すでに根づよく芽ばえ出でていた。そこへまたあらわれた大敵、とおくアメリカのまだ見ぬ小さい従姉妹のマリ子へのやきもち。思えば麻子も、やきもちだけで、いっぱいになっていそがしい子である。

それは、六年生のときの夏休みにはいりかけたばかりのころだった。

お家のなかでは戦争のようなさわぎがおきた。それは桜子ちゃんが急性なんとかで、子供のいのちを取るようなあやうい病気に、とりつかれたのだった。

おいしゃさん、看護婦、おろおろするおかあさん、会社をやすんで考えこんでいるおとうさん、そして、大きいにいさんも、小さいにいさんも、蓉子さんも、おしだまって悲しい顔をしていた。

「麻ちゃん、桜ちゃんはもしかしたら死んじまうかも知れないのよ」

蓉子さんが涙をいっぱいためた眼をして、麻子にいい聞かせたとき、麻子はだまっていた。

そして、しばらくして彼女はいいはなった。

「桜ちゃんあまえっ子できらい、死んじまっても、かまわないや」

蓉子はいきなり走り出しながら、

「かあさま、麻子ったら鬼よ！」

と、母へいいつけに行った。そのあとで、麻子ははげしく火のついたように、わーっと泣き出した。それは鬼といわれたことがかなしいのではなく、あんなひどいことばをいわねばならぬほど、妹へ嫉妬するあわれなあさましいじぶんが悲しくなったのである。

蓉子はおかあさまに麻子のことをいいつけたが、おかあさまは、それどころではなかった。もう気がくるいそうで愛児の病気をしんぱいしてらっしゃるときだから、麻子なんか鬼だろうが、蛇だろうがどうでもよかった。

──。

子どもたちは、夜なかに女中たちにおこされて、みんな二階のおざしきへあがって行った。そこは桜ちゃんが発病いらいの病室になっていたのである。

おへやのなかはくすりくさかった。あの麻子の小学生いぜん、ここへきて森林にまよえる王女の空想あそびをしたときのおなじみの相手役の剝製の鷹も、黒熊の皮も、つぎの間に追いやられていた。

桜子ちゃんは、河原なでしこのもようの麻の夏ぶとんにくるまって、じっとうごかず青い小さい花のように眼をとじていた。

大きいにいさまがまっさきに、桜ちゃんの小さくしぼんだくちびるを、水をふくませた綿でしめした。つぎに小さいにいさん、そして蓉子さんも同じしぐさをした。

「さあ、麻ちゃんもよ」

と、蓉子さんにうながされて、麻子はにいさんやねえさんのしたようなまねをした。

おとうさんはじぶんのお手をにぎりしめて、うなだれていらっした。おかあさんはおふとんのはしに泣きくずれていらっした。

麻子が森になぞらえて遊んでいた、そのおざしきに、いま眠れる小さき王女のすがたとなって、桜子ちゃんはうごかないで、いつまでもうごかないでいるのだった。麻子は悲しくなった。『死』というもの――それを麻子は生まれてはじめて知った。でも、ほんとうに桜ちゃんは死んじまったのかしら――そうかんがえる耳もとで、蓉子ねえさんが、すすり泣きの声とともに――

「麻ちゃんが、あんなひどいことをいったもんだから、桜ちゃんは死んじまったのよ」

麻子はそのことばを聞くや、うごかない桜ちゃんにいきなりしがみついて泣きさけんだ。

「桜ちゃん、ほんとうほんとう！」

亡くなった妹のからだを、麻子はゆすぶって身もだえた。おとうさんがそのかわいそうなすがたをだきとめておっしゃった。

「うそだようそだよ、麻子、ただ桜子はあんまりかわいい子だから、神さまが早く天国へつれて行っておしまいになったのだよ」

麻子は、それを聞いて、ほっとあんしんした。わたしのせいで、桜ちゃん死んだんじゃない――とわかって、でもそのしたからすぐかんがえた。まあ神さままで桜ちゃんがかわいい子だからって、ほかの子よりはやく天国へつれて行っておしまいになったりして、神さままで子どもたちに『ごひいき』をつくって――と神さまが四年までで受持のあの女の先生におもえた。そして、桜ちゃんは天国で神さまと写真とったり、あまえたりしているのかしら――と早く神さまにえらばれて召されたという妹が、なにか名誉な幼女のような気がした。それほど麻子には、まだ『死ぬことのおそれ』が、はっきりしなかったのである。

神さまのくせに美しい子がすき――桜ちゃんは家じゅうにかわいがられて、それでたりないで神さまにまでかわいがられて――と、麻子は、妹の死をまでうらやみねたましい気持でかんじた。

桜子ちゃんのお葬式ののちも、まいにちのように、おくやみの人たちがきた。そしてその人たちはまるで、おそろいの文句を印刷したかのように、きまって、こういい立てるのだった。

「ほんとうに、あんなかわいいお嬢ちゃんを、むざむざとられておしまいになって、どんなにおつらいことでしょう――」

みんなにあんなに桜ちゃんはほめられてと、麻子はおもった。

そして、やはり、そのころの日、おかあさまにおくやみのお客さまがお仏壇のまえで、また例のことばをいっているのを麻子は、そのおざしきのつぎの間のふすまのかげで、少女雑誌をよみながら耳にしていた。

「ほんとうに、ざんねんでどうしてもあきらめられません。ほんとうにたいせつにだいじに思う子はかえって死ぬものとかもうしますが、死んでもいい子は、かえって死なないのかもしれませんねえ――」

おかあさまはさびしげにこうおっしゃった――そのことばは、もののはずみだった。もとより麻子のうちには、だれひとり死んでいい子のいるはずはなかったのだ。ただ、たいせつな子は死にやすい、愛惜するものほどやぶれ散りやすい――という意味をつよめていわれたのだった。そしてせめてもの、みずからをなぐさめることばにされたのだった。

でも、それがつぎの間のふすまのかげで、その母のことばを耳にした麻子に、どんなにおそろしいけっかをあたえたことか！

いきなり麻子は雑誌をすてて立ちあがった。その顔はあおざめて、まるで死ぬるかとおもえるほどだった。

じぶんが家のなかで、妹よりも愛されていないという感情を、つねに持つことをわすれなかったこの少女は、母のことばが、いまじぶんを『死んでもいい子』と名ざししたのだと信じきってしまった。

小さい少女の心臓は、もうそれでじゅうぶんやぶれることができたのだ。——『ひがみ』とじゃすいにおそわれがちの、このあわれな子はからだじゅうの血をつめたくさせられていま立ちあがった。

ふらふらとどこをあてに行くのであろう。麻子はあさがおの花を藍と白とにそめわけた元禄袖のゆかたに、淡紅色のしごきをしめたなり、日傘もささず帽子もなく——小さい素足にげたはいて、ただふらふらと、おうちを出て行った。

その日がくれて夏の宵の灯ともしころとなって、夕食に家じゅうの子の顔のならぶ時刻になって、はじめて、麻子の『家出』をひとびとは発見した。

しかし、それがなんの理由にもとづく『家出』か、だれひとり知るよしもなかった。

美しき嘘

夏の宵の灯ともしころは、街のりょうがわに早くも夜店がひろげられて、夕すずみがてらのさんぽの人を呼んでいた。

新案氷割器を売る人は、眼のまえで氷をわって見せたり、そのとなりでは、たくさんのコップをならべ、色とりどりの水中花を浮かばせているし、そのおとなりでは、松葉牡丹や夕顔の鉢うえを灯のしたにならべて買わせようとするし、そのつぎは子どもが親におねだりしたくなるような、赤いほおずきちょうちんや、小さい影絵のまわり燈籠を売るし、つぎでは、線香花火や、三メートルも飛んではしるという男の子が手を出しそうな飛行機花火、けむりのなかにお化けがあらわれるしかけの花火、機関銃花火をならべている。そのとなりでは一つ五円のアイスクリーム——そのまえ通りを浴衣がけの人たちがぞろぞろ歩いて行く、そのなかにたったひとりぼっちの女の子が、ひとなみにおしながされるようにあいだにはさまってゆく——その子は朝顔の花の浴衣きて、すて子みたいに——それは、麻子の家出のすがただった。

家を出てから、どのくらいたったのだろう。ただ街の舗道の夕まぐれをひとりとぼとぼたどるうち、もう店々に家々に灯がぼっとつき、そして夜の露店の人ごみにおされ、流れながれてただよう小さいあわれな笹ぶねみたいに、麻子はあてどなく街から街をさまよって行くのである。

露店のにぎわいはいつまでもつづいた。そして、カフェや大きな百貨店の支店や、食料品の店のネオンサインや電灯のかんばんが、夜空にたかく赤く青く、眼まぐるしく消えたりついたりするところへくると、夜店はなくなり、そこが都電の終点で、そのまえに省線や汽車も発着する、大きな駅があるのだった。そのまえの広場はちょっと灯がとおくほのぐらかった。でも、麻子はかまわずに、むちゅうでぐんぐん歩みをつづけると、駅まえのむこうにガードがある。その夜のガード下のぶきみなくらいなかをも、麻子はおそれず歩みぬけた。もうなにもおそろしいものも、こわいものも、麻子にはないかのように！

そこをぬけると十字路になっていた。でも、麻子はなにもかんがえることは、いらないのだ。その一直線の道をまっすぐに——ただまっすぐに。

おいおい道はせまくさびしくなった。国電とはちがう私設会社線の、とおい郊外までもはしるらしい電車のひびきと警笛がさびしく、またけたたましく、麻子の耳をおそうのだ。

そのあたりはもう邸町《やしきまち》だった。邸町といっても、古い家もふるめかしい古色のついた建物は見あたらず、みんな新しいペンキのにおいや、壁土コンクリートのにおいもうせぬような家々だった。ひくい垣根、白ペンキの柵、鉄柵、芝生、そして窓にはレースかざりのカーテンがそよいでいる。文化住宅の集団の街のようだった。その通りの小路をたどり、家のまどの灯を見たとき、麻子はもうじぶんの足がうごかなくなったのを知った。

この夏の夜ふけの、家のなかに灯のしたで、みんなはたのしく遊びきょうじているのだ。金魚の鉢をながめたり、うちわをうごかして、アイスクリームを待ったり、笑ったり、さざめいたり――だれだって、この小路をとぼとぼさまよう者なぞいないのだ――こう思うと麻子は、眠るところもない野犬のように、夜の道ばたをうろつく、じぶんのみじめな存在に気がついて、胸がつぶれそうになった。そして、もう足は一歩もさきにすすめないのだ。夕ご飯をいただいていないし、たおれてしまいそうだ。神さま！　でも神さまだって、えこひいきなさるんだもの、桜子ちゃんをかわいがって早く天国へひっぱりあげて――麻子は眼がくらくらした。

そして、小さいあわれな彼女は、その通りかかったそばの、夜目にもしろく咲きのこりの、野ばらの花のほの白く目だつひくい垣のそばにうずくまった。

その垣のなかはせまい庭で、よく手入れがしてあり、その奥の小じんまりした小さい赤い屋根をいただき、白いよろい戸のついている窓には、うすいカーテンがたれこめ、灯がすけて見えている。そしてピアノの音とともに、うた声がひびいているのだった。その歌は麻子も知っている歌だった。

からたちの花が咲いたよ
白い白い花が咲いたよ

からたちのとげはいたいよ
青い青い針のとげだよ

からたちは畑《はた》の垣根よ
いつもいつも通る道だよ

からたちも秋はみのるよ
まろいまろい金のたまだよ

麻子は追われてきた小犬のように、そこに、見知らぬ人の家の垣のそばにうずくまり、その歌をきいていた。ゆかたは夜露でしめって、ぐんにゃりし、足もとは土のうえにきみわるく冷たかった。

からたちのそばで泣いたよ
みんなみんなやさしかったよ

麻子の眼に涙がいっぱいになり、やがてぽろぽろ流れ、しばらくすると顔じゅう涙でよごれてしまった。家を出て泣く女の子を、空のお星さまはたすけにおりられもせず、見まもっているばかり、ほかには人っ子ひとり通らなかった。しかし、そのとき、ごそごそと音をさせて、芝生の植えこみのしたをくぐって出てきたのは、その家にかわれているらしい犬だった。

犬は主人の家の門のほとりにうずくまり、うごかぬあやしき小さな影を発見するや、忠実に、いきなりほえたてた。

「ローラ！　どうしたの？」

窓がひらいた、少女の声で犬をよんでそとのようすをのぞくけはいがした。

「かあさま、へんなの、ローラがご門のところで吠えていて――」

少女の声とともに、ピアノも、うた声もやんだ。そして、もひとつのおとなの女のひとの顔が、少女の顔にかさなって、窓からのぞいた。

「どなた？」

声をかけたがだれも返事もしない。そして、犬はあいかわらず吠え立てるのだった。

玄関のとびらが、かたがわ、ぎいとひらかれて、あかりが、さっとそとへさした。

門への小路のじゃりのうえを、さくさくと上靴のままあるいてくる足音がした。麻子はにげようにも、もうぐったりとしてしまったのだ。

「ローラ、だれかいるの」

と女の人は犬の頭を、なだめるようになでながら、あたりを見まわした。

「あら！」

麻子はみつかってしまったのである。思いがけぬ小さい女の子がゆかた着のまま、しょんぼりとつみすてられて、しぼみそうなひとつのあわれな花みたいに――そこにうずくまっているではないか。

「あなた、小さなお嬢ちゃん」

女のひとが、麻子の肩に、背に、手をかけた。がっくりと麻子は首をたれてちぢこまってしまった。

家の窓からはしんぱいそうな女の子の声で、

「かあさん、どうしたの？　どろぼう――」

女のひとは、麻子をとうとうだきあげてしまいつつ、

「ホホホホ、どろぼうじゃなくて、藍子さんのお友だちみたいにかわいいひと！」

と、窓の声にこたえた。


十数分ののち、麻子はそのおうちのなかのいすに、お顔もぬるま湯であらってもらって、髪もきれいに櫛をいれられ、しゃんとこしかけていた。そのまえの小さいテーブルには、つめたい紅茶とお手製らしいサンドウィッチのお皿がのっていた。

「たくさんめしあがってげんきを早く出して、おばさんとお話してちょうだいな」

さっきは麻子を門前からたすけおこして、この家の灯のしたにはこんでやさしく手

あてした婦人が、かるい夏のワンピースの洋装で、そのわきににこにこして、こういうのだった。そこから少しはなれた窓のほとりの長いすにもたれて、はじめてわが家にあらわれたふしぎな少女を見つめているのは、麻子と同じ年ごろの明かるい、いきいきした少女だった。水色のすそのみじかい服に靴下なしで、ソックスだけはいて、長いきれいなあしをすんなりさせている。

「おうちはここから、まだとおいんですの？」

洋装のわかいおばさまは、麻子がひもじさに、食べてしまったサンドウィッチのお皿がからになり、お紅茶のおかわりまですむと、こう質問するのだった。

「ううん」

というように麻子は首をふった。いろいろお手あてを受けて心身がおちつくと、夢のように、いつのまにか見知らぬおうちのなかで、見知らなかった、よそのおばさまや、そこの女の子に見まもられているじぶんが、にわかにはずかしくてならなかった。できることならそのまま、そこの窓から飛び出して逃げ出したかったのだ――でも、いまはぜったい絶命、なにかものを問われるままに答えねばならなかった。

「では、お近くのおたく？」

おばさまはまたこう問うではないか。

「いいえ、××（麻子の住居《すまい》の区）」

と住居の区をいうと、

「まあ、そこから——どうして夜分こんなところへ？　おつれのかたとはぐれておしまいになったのね、きっと、そうでしょう？」

「ちがいます」

麻子はそこまで正直にうち明けた。

「そう、では、はじめからひとりで歩いて——」

「ええ」

と、うなずくとおばさまはおどろいて、ちょっとだまっていらっしした。そして心のなかでこの女の子の所業が、なにか人なみでない事件をいみしていることを、おぼろげながらさっしられたらしかった。

「あら、うそでしょう、あんまり強すぎるわ、藍子なんて、ちょっと歩いても、とてもつらいんですもの——」

と、長いすのうえの藍子と呼ばれる女の子が口をはさんだ。

それまでみずからを恥じて、ただうじうじしていた麻子が、いま同ねんぱいの少女に、「うそでしょう――」とうたがわれると、やっきとなってしまった。

そして、うそでないしょうこをしめすかのように、

「わたし、だまってひとりでおうちを出てきたんです」

と、あまりじまんにもならないことを、はっきりいってしまった。

「まあ、家出なすったの、あなた――まああきれたわ、このかた、小さいのになまいきねえ！」

藍子はわざとぎょうさんに、眼をまるくして見せて、おしゃまなもののいいをしていた。

「藍子さん、あなたはいい子だからだまっていらっしゃいよ」

と、おかあさんにしかられると、ひょっと首をすくめて、藍子はこれ見よがしにじぶんの口を両手でおさえたりした。

「なぜ、そんなだいたんなことをなさいましたの？」

藍子のおかあさまは、ますますやさしくいたわるようないいかたをなすった。

「妹が死んで――そして」

と、ここまでいい出した麻子は、はたと行きなやんだ。――妹が死んで、妹は美しくだれにも愛されていて、じぶんはそれほどでもなく、日ごろふへいふまんで、そして妹の死後、くやみにきた人へのあいさつにかあさんが（死んでいい子は死なぬもので――）といったのをかげで耳にして、ただふらふらとなさけなく、夕まぐれ着のみ着のままでおうちを飛び出して街の灯をとおりぬけて、とうとう場所も道も知らぬ、こんなところへさすらい、つかれはて、飢えとひろうにうごけなくなって――といえば、いつわりなきほんとうの告白であった。けれども麻子の虚栄心がその告白をゆるさなかった。

じぶんと同じ年ごろの少女のまえで、その母のまえで、この明かるい灯のしたの文化住宅の客間のなかで、そんなみみっちい告白をするのは、まるでこじきの子供の身の上ばなしだと思った――でも、なんとそれをかざってかたろうか、そのすべは知らぬ少女の――ことばをいたずらにいいよどませつつ――

「まあ、お妹さんがお亡くなりになったの――そう、そして、そのためなぜ――」

そう問いつめられると、麻子は――

「あの、あんまり悲しかったんで――」

とだけいった。つまり、なにがあんまり悲しかったか、その原因のくわしい具体的説明をはぶいて、(悲しいゆえに) と抽象的なせつめいだけして、口をつぐんだ。麻子はずるくも、またかしこかったともいえようか。

「まあ――おかわいそうに――」

やさしいおばさまは感にうたれたごとく吐息をおつきになった。――あっ、わたしの心のなかは、すっかり見すかされてしまったのだ――と麻子は赤くなった。が――つぎのことばで、そのおばさまの理解がとてもいい意味になっているのがわかった。

「あなたはなんというやさしい、妹思いの小さいおねえさまなんでしょう。お亡くなりになったお妹さんの死が、そんなに悲しくて、亡き妹のまぼろしを追うて、灯ともしころのちまたをさまよい出たりなすって――ええ、ようそういうことが少女心理のなかにはあるものらしいのですよ。わたしも外国の小説で、そんないじらしい姉妹愛のエピソードを読んだことがございましてよ」

おばさまはこうしみじみとおっしゃると、その、世にもゆかしくもやさしき妹思いの小さき姉を、尊敬してだきよせられるように、麻子の顔にちかよって、そのひたいに接吻するのである。

麻子はびっくりした。いつのまにかじぶんが、亡き妹のまぼろしを追うて、灯のちまたに夢遊病者のように、さまよい出た姉にされてしまったのに――でもそれを（ちがいます）と打ちけす勇気もなかった。だから、麻子がすすんでうそをついたわけではないが、そのおばさまの美しい想像がてつだって、ついにここにおいてひとつの『美しき嘘』ができあがったのであった。

不良の子

麻子のおうちでは、大きいにいさんも、小さいにいさんも、きんじょをうろうろさがしまわっていた。妹のすがたが、もしや見あたらないかと――

「こんばんじゅうに見つからなければ、警察にでもおねがいしなければだめでしょうかねえ」

おかあさまもこまりはてていらっしした。

「ひとさらいにさらわれたのかしら？　そして曲馬団にいれられてしまうのよ――」

蓉子ねえさんは、そんなそうぞうまでした。

しかし、まだうちじゅうのものがひどく悲しんだりあわてたりしないうちに、自動車にのせられて麻子はひとりの洋装の婦人と、それから麻子とおなじ年ごろの女の子といっしょに、けろりとしてわが家に立ちかえったのである。

みんなはあっけにとられてしまった。

そのおくってきた婦人は、麻子のおかあさまにあって、

「このことで、お嬢さまをおしかりにならないでくださいませ。お話をうかがいますと、ほんとにおかわいそうでございますもの――さきごろお亡くなりになりましたお妹さまをしたうあまりに、ついふらふらとしてあてどもなく街をお歩きになって、そして、とうとうあんな遠くのわたくしの住居のほうまで、いらっしてしまいになったのですから――」

といった。

「まあ、麻子、おまえはいったい、そこでどうおしなの?」

と、おかあさまはしんぱいしていらっしたけれど、いざ、麻子がぶじに帰ったとなると、にわかに麻子のばかな行為がはらだたしくなってしまった。で、そのお声はと

がっていた。

麻子は小さくなってへんじができないでいると、かわりにやさしいおばさまがおっしゃった。

「宅の門のまえで、犬があまり吠えますので、ふしんに思って出て見ますと、このお嬢さまがしょんぼりしていらっしゃるんでございましょう。それから、とりあえず家のなかへおつれいたしまして、いろいろご事情をうかがうとホホホホ、まことにおかわいらしいむじゃきな妹思いのお心から、お妹さまの死が、ひどく悲しいあまり、子どもらしい感傷的なごきぶんで、いつかうかうか、たそがれの街をおあるきになって、とおくへきておしまいになったようなわけなんでございますね……」

「まあ、ほんとになんという無考えな子でございましょう。おはずかしゅうございますよ、でもおかげさまで、ぶじにこうしてつれもどしていただけまして、しあわせいたしました」

と、麻子のおかあさまはおじぎはなさったものの、心のなかでは（ほんとにこの子のおかげで知らぬひとさまにまで大はじをかいて）といまいましくかんがえているのだった。

「おたくでは、たくさんお子さまがいらっしゃいますようで――」

と、おばさまがおっしゃると、

「はあ、この子のうえに三人も兄や姉がおりますので、ほんとに、世話がやけてなりません――」

と麻子のおかあさまがおっしゃる。

「でも、ごきょうだいがおおくて、おにぎやかでけっこうでございますこと。宅なぞこの藍子の父は亡くなりましたし、子どももともうせばこれひとりでして、さびしいのでございますよ。この子もきょうだいの味を知らないのはよくないと思っておりますが……」

「いいえ、おすくなくてけっこうです。宅のようですと、つい手がまわりかねて、麻子のようにごやっかいをおかけする子ができたりしまして、ホホホ」

おかあさんはぷんぷんして、麻子にあてつけていらっしゃるのだ。

やがて、おばさまも藍子も、麻子をぶじに送りとどけるごようがおわったので、帰ってしまわれた。麻子はそのおばさまにお別れするとき、なにかなごりおしいきもちがした。(あのおばさまがうちのおかあさまだといいな)とおもったりした。

げんざいのじぶんのおかあさまに、まんぞくするように愛されない彼女は、なんでもじぶんにやさしくしてくれるひとを見ると、ただわけもなくそう思うのだった。

その夜おそくなってお帰りになったおとうさまは、そのおるすのうちに持ちあがっていた、麻子の家出事件をおききになって、「そうか、あの子はどうもかわっているな」とおっしゃって笑われ、べつにおしかりにもならなかった。

しかし、ふたりのおにいさまと蓉子ねえさまからは、麻子はたちまち不良少女のおりがみをつけられてしまった。

「おどろいたな、麻公が不良性をいまからおびているのには――」

おにいさまがたは、こういって、はんぶんはひやかしながら、麻子を不良少女のたまごにしてしまわれた。

「いやだわ、人のうちの軒にしゃがんで、犬にほえられたり、まるでルンペンだわ。いまから家出のまねをするなんて、不良ね、わが青柳家の名おれよ」

などとたいしたいきおいで、蓉子ねえさんもお口をとんがらかしてしまった。

「ほんとうにこの子はよっぽど気をつけないと、かあさんが世間にはじをかくようになるね。だまって家を出てどこまでも歩いていくなんて、女の子のくせにだいたんでは、これからさきが思いやられます」

と、おかあさまは、子どものうちでいちばんやくざな注意人物、不良性の親不孝の子に思いこんでおしまいになった。

そして、これらのひとびとはだれも、なにが麻子に、あんな家出をさせたか、その原因や麻子の小さいなやみを理解してやろうとは思わなかった。

それればかりか――蓉子ねえさんはあきれたように、こんなことさえいうのだった。

「亡くなった妹を思ってかなしいから、街をさまよったって、あのよそのおばさまに麻ちゃんしらじらしいうそをいったのね――あまえっ子桜ちゃんなんか死んじまったっていいって、いつかいったくせに――うそつきね、ああおそろしい」

そういわれると、麻子はずいぶんなさけなくくやしかった。だって、なにもじぶんから、そんなうそをすすんでつく気は、あのときなかったはずなのである。ただあのおばさまが、麻子の家出を想像なすったのを、麻子はとりけさなかっただけだのに――。

麻子はかなしかった。やるせなかった。なんとべんかいし身のあかしをたてようとしても、じぶんの口から、うちじゅうの人の、自己への愛情のふそくふまんを、どうどうと説くことは不可能で、かつ、そんなことが、はきはきいえるようなら、なにも麻子はこんなにまで、苦しみもだえないでもいいわけなのだった。

麻子のおかあさまは、あの麻子をおくりとどけてくだすったおばさまへのお礼について、麻子たちのまえでこうおっしゃった。

「わたしはお礼にうかがうのが、あたりまえかもしれないが、小さな女の子が、かってに家出したりするのは家庭教育がわるいようで、はずかしくってうかがえないから、なにかお礼の品をおくっておくだけにしましょうよ」

と――おかあさまは、あのおばさまにきまりわるがっていらっしゃるのだ。

それから麻子のことを、まえよりもばんじ気をつけてくださるようになったけれども、それはどうも麻子の心のひがみのせいか、愛するというよりも、ゆだんのならない子として、ひどく注意し用心していらっしゃるようだった。悲しいことに、そうなると、やっぱり麻子の要求しているような、おかあさまのあまいやさしい愛情とはちがっていた。麻子は、そんなに愛情にはよくばりやさんで、あるいは望みが高すぎるともいえようか。

こうして、家じゅうから不良の子としてあつかわれるようなものを、麻子は感じるとともに、門のそばにしゃがんでいた、よその女の子をあんなにしんせつにいたわって、そのうえ亡くなった妹をしたうあまりなどと、美しい想像をなすっておくりとどけてくだすった、あのよそのおばさまがなつかしく、またからたちの花のうた声がひびいたまどの灯が、いすが、テーブルが、小さいご門が、みんなとおいおとぎの国の花園のなかに、おしろのように、夢のように思いうかばれた。

そして、日がくれて灯がぽっと街々につくころになると、ふしぎや、またもふらふらと麻子はあの灯のちまたをとおって、あの小さいご門の赤い屋根に、白いよろい戸のついた、かわいいお家へたどりついてみたい、強いつよい誘惑をかんじるのだった。けれども、こんどふたたびそんなことをしたら、どんなにしかられるか——と麻子はじぶんでじぶんを、しっかりおうちの柱にむすびつけるほどの努力で、その力ある誘惑からのがれるのだった。

その年もくれて、三学期がはじまると、麻子たち六年生は女学校入学のために、その入学試験じゅんびの勉強がはじめられた。

「麻子はやっぱり蓉子の学校にさせましょうかね」

と、おかあさまが姉とおなじ女学校をおのぞみになると、

「おかあさま、だめよ麻ちゃんは、都立なんかとてもウ、むずかしいんですもの——」

と、都立の優越感をふりまわした。

「でもあの子は、よけい、きちんとした学校にあげないとしんぱいだからね」

「だって、入学試験にみごとにおっこちたりしたら、わたしきまりがわるいわ」

「だから、あなたがよく責任もってあがれるように手つだっておあげなさいよ。入学できればねえさんがかんとくすればいいんだし、そのほうがいいね」

「いやですわ、あんな小さい不良さんを監督の責任なんて持てないわ」

蓉子さんは、どうも麻子がじぶんとおなじ女学校へあがるのをさんせいしなかった。その理由はいろいろあったろうが、もし麻子がすこぶる、ひじょうにじぶんに似ている美少女であったら——あるいはこのかんがえはかわったかもしれなかった。

それほど蓉子嬢は、お顔じまんのみえ坊だったのである。その彼女は妹にむかって、

「麻ちゃん、ねえさんの女学校にあがれっこないけれど、もしまちがって試験うかっても、ねえさん学校ではしらん顔しているわよ、よくって」

と、おどかした。

「しんぱいしないでもいいわよ、ねえさんの学校になんか、たのんだってあがってや

るもんか」

と、麻子もなかなかまけていなかった。

「まあ、にくらしい、え、そうよ、麻ちゃんは麻ちゃんのやっとあがるようなボロ学校さがすといいわ」

年がいもなく蓉子もおうせんした。小さいときから愛情にふそくでふへいで育っただけに、麻子はきつい子になってしまっていた。

そして、麻子はねえさんとちがう女学校を志願することに、じぶんもいいはったが、さてどの女学校にしようか、通学の便のいいように、またひょうばんのいい女学校をと、おかあさまは思案ちゅうだった。

考査試験

麻子は都立第×(蓉子ねえさまとちがうところ)と、それから、それにはいれなかったよういに、郊外のあるミッションの女学校と二つを志願することになった。

その私立のほうは学課試験はなくて、考査試験といって、メンタルテストのようなことを口頭でされるのだった。

その考査日は、都立の試験よりもはやくあった。麻子は麻子とおなじように都立がもしだめなときに、やはりそこにはいろうと思っている級《クラス》のおともだち連と、そのメンタルテストのある土曜日の放課後、その女学校へ出かけた。

入学願書の受付番号順かなんかで、四、五人ずつ一室に呼ばれて、試験係の先生にいろいろ質問されるのだった。

麻子はおつれのお友だちのまえに呼ばれ、そのつぎがその友だちで、あとにもほかの小学校からきた子たちがつづき、試験場へはいって行った。

机のうえに、入学志望者の小学校の成績表をならべ、姓名や保護者の名をひきくらべて、先生はひとりひとりに、いろいろの質問をしておられた。

ちょうど麻子がはいったときは、まえに呼ばれた、ひと組のふたりほど、まだおわらずのこっていて、あとからはいってきた麻子たちに背をむけ、試験係の洋装のわかい女の先生に、なにか問われはじめていた。その先生のわきには、おひげのはえた男の老先生が、じろじろはいってくる子を見ながら、採点係らしくえんぴつをもって、入学志望者の名簿をくっていらっした。

女の先生は、いのこっているひとりの子に、まずこう質問なすった。

「パリって、どこの都ですか?」

「フランス」

その質問も答えも、うしろにじぶんのじゅんばんを待っている麻子たちによく聞こえるのである。

「フランスのおもな有名な産物は?」

女の先生がやさしく問うと、その子はしばらくかんがえていたらしいが、

「歌劇」

とこたえた。——くすくすとうしろの麻子たちのなかに、ふき出したいのを、じっとがまんしているしのび笑いがした。麻子のとなりの友だちが「ぶどう酒と絹だわね」

とおしゃまをいった。

女の先生はニコニコして、

「ホホホ、ではアメリカの首府はどこでしょう?」

というと、その子は、

「サンフランシスコ」

といった。あとの麻子は「ニューヨークだのに」ときのどくに思った。

「あすこはアメリカの港でしょう」

女の先生が、まちがいをしめして首をひねってお見せになると
「ハワイ」

と、まごまごした子はいってしまった。

女の先生は外国地理の質問をあきらめておしまいになったらしく、

「では、日本のほうで――鎌倉はなに県でしょう」

その子はこまったようにだまっていたが、もじもじして、

「東京の近くです」

と、くるしい答弁をした。

「どんなところ？　山があるの、村なの、名所なの？」

と女の先生はしんせつに暗示をおあたえになったが、その子はへいきで、

「うちの別荘があるところです」

またもあとの順番をまつ子たちのなかに、しのび笑いがおきた。

「もう、これですみました――」

女の先生が質問をうちきると、その子はおじぎして出ていった。

麻子のとなりのおしゃまさんが小声で「あれじゃ落第ね、いくら別荘があっても――」と首をすくめた。

「つぎは貝沼藍子さん――」

と先生が名簿をおよみになると、「はい」と、さっき質問されていた子のとなりに、番を待っていた、赤いセーターの子が、机のまえにたった。その子がおわれば、つぎは麻子の番になるのである。

「アメリカの首府はなんといいます?」

先生はまえの子がみごとにしっぱいして、とうとうせいかくにおこたえできえなかった質問を、またおこころみになった。

「ワシントンでございます」

その貝沼藍子さんとよばれた、赤いセーターの子は、はっきりごへんじした。(あらニューヨークじゃないの?)麻子はびっくりした。

「そう、アメリカにはほかにも、たくさん都会がありますね、たとえばニューヨークのような有名な大都会が。でも、なぜワシントンが首府になりますか？」

「大統領の白亜館がございますから」

藍子さんは、よどみなくおこたえした。

（ああ、そうだったわ、わたし、このひとよりできないのね）と麻子は人しれずあかくなった。

「そう、よくわかりました。ではフランスの首府は？」

「パリ」

そんな質問は藍子にとっては、いともたやすいものらしかった。

「では、ローマはどこの国の首府です」

「イタリア、ミラノもそこの大きい都です」

と、藍子さんはおとくいだった。

「ホホホ、先生の問うことだけおっしゃればけっこうですよ」

と、これは先生がお笑いになった。

「では、北海道の市街は、どんなところ？」

「札幌がだいいち、それから函館、小樽、旭川——」

と、藍子さんがいいかけると、女の先生のわきにひかえていらした、男の先生が「ホウ、これはなかなかくわしいな」とおっしゃった。

「北海道にはおばさまがいらっしゃいますから、わたしおかあさんとなんどもゆきました」

と、藍子さんがうちあけると、先生たちは、ほがらかにお笑いになった。

それで藍子さんとの問答は上首尾でおわったので、先生のお机のまえでおじぎをして、そのおへやを出てゆくとき、はじめてその子の顔が、こちらの麻子たちに見えた。

「あら！」

「あら！」

ふたりとも声をあげて近よった。その藍子さんこそ、あのきょねんの夏のよい、かなしい心のいたみにたえかねて、ただふらふらと、小さい家出をした麻子をすくった、あの洋館に母とすむ少女だったから――

「まあ、あなたもここへいらっしゃるの――じゃあ、これからごいっしょね」

藍子がいったとき、先生が「青柳麻子さん」とつぎの番をおよびになったので、麻子はお机のまえへ試験されにすすまねばならなかった。

「では、またあとで——さよなら」

と、藍子さんは出て行った。

先生は麻子にもまた、外国地理をお問いになるとおもって麻子はその心がまえをしていた。だが先生の質問はがらりとかわってむけられた。なるほど、こういうのがメンタルテストというのであろう。

「青柳さん、あなたはここの学校へどうしてはいろうと思いました?」

先生は、にこやかにお問いになった。

「都立第×にはいれないときは、はいろうと思って——」

麻子はすぐそういった。

「ホヽヽヽ」

先生は笑いだしておしまいになった。そしてまたおっしゃった。

「ジョージ・ワシントンのことを知っていますか」

「はい」

「どんな人でした」

「えらい人です」

「なにか、その人についてお話を知ってますか」

「ある日、おとうさまのたいせつにしてらっした桜の樹を、斧で切ってしまいました。あとでおとうさまがおこってそのしわざはだれだときかれたとき、ワシントンは、わたしですと、かくさずにもうしますと、おとうさまはおいかりにならず、正直だったとおほめになりました」

麻子はこたえた。

「あなたもワシントンのように正直になろうと思うでしょう」

先生がほほえんでおっしゃると、すこし麻子はかんがえていたが、

「でも、うちのおかあさまは、正直に桜の樹を切ったといっても、ほめずに、かえってしかると思います」

麻子は思ったことをいった。

「ホホホホホ、そうですか――」

先生はやさしいまなざしで、じっと麻子を見つめていらっしたが、

「これで、すみました、よろしい」

とおっしゃった。それで麻子はおじぎをして、部屋を出ようとすると、そのうしろ

を見おくりつつ先生がやさしく声をおかけになった。

「青柳さん、都立がいけなかったら、こちらへいらっしゃいね、ホホホホホ」

麻子は「はい」とごへんじして、つぎのおへやで国語のご本の読み方と字の解釈を、やはりその試験係のお机のまえでして、それで考査日はおわったのだった。

受験者のひかえ室へもどると、もう藍子さんはさきへかえったと見えて、すがたは見あたらなかった。

そして、麻子はじぶんのつぎに試験がおわってもどった小学のお友だちといっしょに、ふたたび四月にくぐるか、まだきまらないその女学校の校門を出た。

「青柳さんみたいに、都立がだめだったらきますなんていえば、先生の感情害して大ぞんよ、わたしも、ほんとは都立へゆければゆきたいつもりなんだけれど、先生に『どうしてここの学校をえらびました』ってあなたのあとで聞かれたとき、ここの学校は校風がよいからはいりたいと思いますって、うまくいったわよ」

と、いかにもわたしはりこうものでしょうという顔をした。

それを聞くと麻子は、ああ考査日はしっぱいした、と、にわかに悲しくなった。そして、先生の感情を害したために、もうこの学校へははいれないかもしれないと思うと、ふりかえって見るその校舎の、近代的な鉄筋コンクリートだての新築校舎の白い外壁が、つめたく麻子をおどかしているようにおそろしいお城に見えた。

都立にもはいれず、そのもひとつの予備の女学校にもはいるのをゆるされなかったら、どうしたらいいだろう。麻子はその日から、しんぱいでならなかった。

それから――都立の試験がきた。二日あって、第一日の試験で大半ふるいおとされるのだったが、麻子は、それにはのこった。しかもその日に麻子は、あの郊外のミッションから入学許可書がおくられたのである。「まあ、あの先生は感情害してはいらっしゃらなかったわ！」と麻子はうれしがって、いままでのしんぱいがすぐきえた。

こうして、もうひとつ行ける学校があんぜんにできて、安心して二日めの試験をうけた。そのけっかはおしくも麻子はおちてしまった。あまりあんしんしすぎたせいかもしれない。

あの小学のお友だちは合格した。そして彼女はうきうきとして、麻子に、

「わたしこれで、体格検査がとおればだいじょうぶよ。だから、もうあんな学校へゆかないでもいいのよ」

と、いいはなった。あすこの考査日には先生のまえで「この学校の校風がよいから

はいりたいと思いまして」などと、のめのめいったくせに、いまは「あんな学校」などといって、優越感をもってしまったのである。

大人の邪推

入学式には麻子はおかあさまといっしょに出かけた。新入生のがやがやしているひろいおへやへはいると、すぐそのすがたを見つけて、藍子さんがとんできた。

「麻子さん、よかったわね、ふたりともはいれて。うちのおかあさまがとても麻子さんがいらっしゃればいいっていってよろこんでいましたの」と、あの夏の印象よりは少しおとなびた口のききようをして、なれなれしく肩に手をかけたりした。そこへ藍子さんのおかあさまもあらわれて、

「まあ、麻子さん、おひさしぶり、たくの藍子とおなじ学校になりましたのね」

と、笑ってらっした。そして麻子のおかあさまともごあいさつをしあって、「よくよくごえんがあると見えましてーー」など、しきりといいあってらした。

講堂へはいり、外国人の女の先生方も、たくさんおならびになって、入学式があり、それがすむと一年生は各自はじめてはいる教室へ、そしてじぶんたちのお席がきまるのだった。

「わたしたち同じクラスよ、ね、そらA組よ」

その教室のまえで、藍子さんは麻子の手をひっぱっていった。

「おや、いらっしゃい」

というお声がしたので、麻子がびっくりして見まわすと、そばに、あの考査日に質問をなすった女の先生が立ってらした。

「ホホホホホ、とうとうこちらへきましたのね。でもきっとあなたにいい学校になりますよ」

とおっしゃった。

麻子ははずかしくなってにげるように教室へはいると、藍子さんが、

「まあ、麻子さんにあの先生とくべつにおしたしげね」

と、おどろいたように、ひやかすように麻子をにらんで見せた。でもその原因は、あのメンタルテストのさいの麻子の印象が、たくさんの受験者のなかにも、とくにめ

だってその先生のお心にのこったのであろう。

教室へみんながじゅんじゅんにおさまったころ、はいってらした先生は――まあ、やはりさっきの女の先生だった。その先生がA組を受持つのであろうとは――麻子は、はにかんでお机のまえにうつむいて小さくなった。

「みなさま新入学おめでとう。せっかくおはいりになれたのですから、これからよく勉強して他日五年後、この学校のりっぱな卒業生となっていただけますように――」

とおっしゃって教室じゅうを見まわしていらっしゃるとき、麻子はもしや先生が「このクラスの青柳さんなどは都立がだめでこちらへとうとういらっして――」などおっしゃりはしないかと胸がどきどきしたが、べつだんおしまいまでなんにもおっしゃらなかった。みんなは時間割をうつしたり、教科書のことについてご注意があったり、体操の運動靴とかなんとか、規則をいいきかされ、その日はそれでかえるのだった。

「麻子さん、またあしたね――」と藍子さんがいって、おわかれした
麻子とおかあさまは国電でお家へかえるとちゅう、おかあさまは心配そうなお顔つきで――

「麻子はあの学校へいって運が悪かったのね、おなじ私立でもほかの学校にすればよ

かったのに」

とおっしゃったので、麻子は思いがけなくびっくりした。

「どうして、おかあさま、わたしあの学校いいわ、正直になにをいっても、けっして感情害さない先生がいらっしゃるんですもの、麻子とてもあんしんよ」といいかえした。

「だって、あの貝沼さんのお嬢さんが、やはりあすこだから、きっと麻子こまりますよ」

おかあさまはいともふしぎなことをいいだされた。

「あら、なぜ、藍子さんもあのおばさまも麻子とおなじ学校をよろこんでらしったわ」

麻子は、ますます母のことばがわからなかった。

「だから、おかあさまはしんぱいですよ。麻子がきょねんの夏、あんなわるいことをしでかしたのを、ちゃんとごぞんじの人がいらっしゃるからね」

おかあさまにきょねんの小さい『家出事件』をいい出されると、もう一言《ごん》もなく小さくなって、しょげるあわれな麻子だった。

「女の子はとかくおしゃべりですからね。もしあの藍子さんが、学校で『麻子さんて、いつかの夏、家出してわたしの家のご門でたおれかかったのを、うちのおかあさまが助けておたくへおつれしたのよ』といいふらしたらどうします。麻子あなたは、もう新入そうそう、不良少女だと先生にも生徒にも思いこまれて、このおかあさままで大はじをかくんですよ」

おかあさまは、きっとそうなると信じるようにいわれて、いやな顔をなすった。

麻子は胸がいっぱいになりかなしくなった。そして、もうさっきまでじょうきげんでわくわくして、女学校へ入学のよろこびや新しいりっぱな校舎での、これからの生活、はじめて読むリーダーや、ていどのたかそうな教科書の新しいさいしょのページから、勉強する希望、見たことのない、たくさんの学校友だちのなかにはいるこうふん――なども、みんなこのおかあさまのおそろしいことばに、ちりうせてしまって、ただ前途はまっくらになってしまった気持だった。

少女の真情

そして、第一学期の授業のはじめの日、麻子は学校でなにか、たえずおどおどしていた。

藍子はもうよく知りあったお友だちあつかいをして彼女のそばへより、いっしょにあそぼうとすると、ついと、麻子はまるで悪魔の顔でも見たようににげて、ひとりぼっちで校庭のどこかへ身をかくすようにしてしまうのだった。

(あのかた、どうしてわたしをおきらいなのかしら?)藍子はいやな気がした。

そんな麻子のみょうなそぶりがいくにちもつづくと、藍子はなぜかとふしぎでしかたがなかった。

藍子がクラスのだれかとちょっとでもなにかお話をして笑ったりするのを、ちらと見ると、麻子はさっとあおざめて、いまにも泣き出しそうになってしまうのだった。

(まあ、麻子さん、まるでいたずらこぞうにいじめられる仔犬みたいな眼をして——)

と藍子はなさけなくなった。

(なにかあのかたひとりでしんぱいしていらっしゃるのよ、わたし思いきって聞くことにしようか)

ある日、そう決心した藍子は、れいのとおり彼女のすがたを見ると、はやくも逃げ出すのを、かまわず追っていって、

「麻子さん、あなたひとりよ、新入生でげんきのないかたは――」

と、いうと、麻子はうらめしそうに藍子をひたいでにらめるばかりだった。

「ほんとに、麻子さん、へんよ、わたしをそんなにおきらいなら、むりにあそんでいただかなくってもいいのよ――」

ビイーとしたあごをつき出さぬばかりに藍子は、きらわれていると思いこんだふゆかいから、にくまれ口をきいてしまった。

麻子がなんにもいわずにいるので、よく見ると、なんと彼女はしくしく泣き出しているのだった。

あいてを泣かせたとおもうと、藍子もよわってしまった。でもなんていっていいかわからないし、すぐあやまるのもくやしいので、しかたなく、

「泣けばだめよウ」とすこししょげていったが、泣いてる子をのこして行ってしまえば、ますますじぶんがいじわるになるので、麻子のそばでうろうろしていた。

「わたしがなにかいえば、すぐ泣くほどこわいの――」藍子はこう問うて見た。

「ええ」というように麻子がうなずいたので、彼女はびっくりした。

「どうして？　麻子さん、わたしあなたになんにも悪いことしなくてよ」

藍子は、麻子にじぶんがひどく悪く思われているので、ぷんぷんして、きつく問いかけていった。

「でも、わたし、こ、こわいのよ、あのこと藍子さんがはなすかとおもって――」

麻子は泣きじゃくりながら、やっとこれだけいった。

「えっ、あのこと！　あのことってなあに？」

藍子は眼をぱちくりさせた。それはけっして、わざとそう見せかけているとばかりも見えなかった。

「わたしがあなたのおうちの門で――」と麻子が藍子は知ってるくせに、わざと知らない顔していると思って、いやな顔をした。おかあさんにそれをいわれて、すっかりひがんだ彼女だったから――。

「まあ、あのこと――そんなにしんぱいしてらっしゃるの――そしてわたしがだれかに学校じゅうにそのお話ひろめるとしんぱいして、そんなに元気がなかったの――」

藍子は大声で思わずいってしまった。

「ええ、うちのおかあさまがそういったんですもの――」麻子がれいの正直をはっきりすると、

「まあ、あなたのおかあさまって、ずいぶんなかたね。藍子そんないじわるなおしゃべりじゃないことよ！」

藍子は気持をわるくしてツンとした。

「ごめんなさい、だからしんぱいしたのよ」

麻子は人をうたがい、不ひつようにそのひとをおそれていたのを、はずかしくおもった。

「あのね、うちのおかあさまは藍子にこうおっしゃったわ」

藍子が小さく声をひそめてつげたことは、

「そら、いつかの入学式のかえりにね、麻子さんとこんど学校がごいっしょになったから、なかよくなさいって、そして、けっしてあの夏、麻子さんがおうちの門のそばにひとりでいらっして、かあさまが見つけたお話を、学校でだれにもいってはいけませんって、もし、そんな悪いおしゃべりをすれば、藍子はいい人には一生なれっこないって、ちゃんとおっしゃったのよ。だから、わたしどんなことがあっても、あのお話、人にしないときめているのよ。そして、おかあさまのおっしゃるように、いい人になるつもりよ——」

麻子は涙をふいて、みるみる元気になった。そして「だいじょうぶね」といった。

「ええ、だいじょうぶよ、ゆびきりしましょう」ふたりのかわいい指さきが、からまりあった。

「もし、あのこと人にはなせば、藍子の指くさってしまうのよ、たいへんだわ」

藍子はじぶんの指をなでながら、ちょっとかなしげな表情をした。

そして、この麻子藍子のふたりだけの秘密をまもる同盟が、その日、そこに校庭のいちぐうで成立したのである。

そのひとつの秘密をまもりあわねばならぬということが、このふたりをたがいにはなれがたくむすびつけた。

さくらが散って若葉のころには、もうこのふたりは、クラスでいちばんはやくなりたった、とてもなかよしのお友だちにみえた。

告白

藍子は麻子をたびたびじぶんのおうちへさそうのだった。

「うちのおかあさまが、麻子さんをおまねきなさいっていうのよ、こんどの日曜のお茶にいらっしゃらない?」

藍子がそういうと麻子はこまった顔をして、

「だって、わたしまだお茶のお作法ならわないんですもの——」

「ホホホホホ、そのお茶じゃないわ、千家の裏だの表だのってお茶とちがうのよ、三時ごろ紅茶やお菓子で、うちのおかあさまよくお友だちをお呼びするの、そのこと——」

藍子が説明したので、麻子はあのうちの蓉子ねえさまのおけいこしているような、きな粉を大きなお茶碗でドロドロにとかしたのを、三拝九拝して飲むのとはちがうとわかって、あんしんした。

「そんならうかがうわ、でもうちのおかあさまにきいてからね」

「ええ、どうぞ」

なんとなく藍子のほうが社交なれて、おとなびていた。

麻子がおうちへかえって、藍子のおうちへ遊びにゆくゆるしをおかあさまにもうし

でると、

「いってもいいけれど、いろんなおしゃべりするんじゃありませんよ」

と注意なすった。麻子がいつぞや小さい家出をしたわるいきおくから、藍子のおうちをおかあさまはみょうに不安におもっていらっしゃるらしかった。

麻子は、おかあさまからおしゃべり娘に見られるのがふへいだった。わたしなんにもしゃべらないのに——麻子はすねてだまっていた。

そのよく日の日曜日、麻子はぼんやりうちにいると、おかあさまが、

「麻子、きょうは貝沼さんのおたくへうかがうんじゃないの？」

とさいそくなさるようにおっしゃった。

「いかないの」

麻子はつぶやいた。

「どうして？　あちらで待ってらっしゃるといけないからいらっしゃいよ、おかあさまはおみやげを用意しておいたのに」

と小さいチョコレートの箱をお出しになった。

（だって、おしゃべりしていけないっていうからいかないや）麻子は心のなかで、そ

んなにくまれ口をかんがえたけれども、それでも、ともかく、おみやげをかかえて出かけた。

藍子のおうちへたどるみちも、その門のほとりも、いつかの夏の夜、朝顔をそめたゆかたでさまよった童女のあわれなじぶんのすがたが思い出されて、そぞろになつかしいような、いまさらに、もの悲しくなるような気持にされた。

「まあ、どうなすったの、わたしなんどもさっきからご門のまえへ出てまってたのよ」

と藍子がお玄関に出むかえるとすぐいうのだった。

と藍子のおかあさまも出ていらっして、

「あの学校いかが？」

などと、なれなれしくなすって、三人でテーブルをかこんだ。そして、おかあさまが銀の紅茶のセットを出して、お茶をおいれになったり、いちごの大つぶなのがかわいくついている、おいしいショートケーキをおきりになったりなさる。

藍子もそのおかあさまも、ずいぶんしたしく麻子にいろいろお話をしかけるのに、麻子はかたくなに、ことばすくなく、「はい」とか「いいえ」とかいうだけだった。

それは、きのう麻子のおかあさまが「貝沼さんへ行ってもいいけれど、いろいろおしゃべりするんじゃありませんよ」と注意なすったのが、おもくるしく、ずいぶん麻子の小さい胸をくもらせているゆえだった。

麻子がだまっているので、藍子はひとりでほがらかにおしゃべりをうけもった。

藍子は奥の小さいひとまのじぶんのお部屋へこの友だちをあんないして、少女らしくきれいにかざりつけた、その愛らしきべんきょうべやの品物をせつめいした。

「この小さいお人形ね、××さんからいただいたのよ」

××さんとは学校の上級の人の名だった。

「その赤い革の金ぶちのお手帳ね、これ△△さんからいただいたのよ、おととい」

その手帳の贈り主△△さんもやはり上級の人だった。そんなふうに藍子は、つぎからつぎにいろいろな少女らしい贈り物をさししめした。

うつくしくて明かるい小さき社交家の藍子は、上級の人たちの人気者の第一人者、ナンバーワンらしかった。

家庭ではおとうさんがなくなって、いらっしゃらないでも、未亡人のおかあさまの天にも地にもかけがえのないひとり娘として、手のなかの玉のように愛されあまえきって、また学校ではこんなに上級の人にさわがれて、さまざまの贈り物をもらう藍子のなんとすばらしき人生に、麻子はあっとうされ、きょうたんして、さびしいじぶんとひきくらべて、しょんぼりした。

「わたしだけどねえ、麻子さん、××さんも△△さんも○○さんもだれにも悪いけど、わたしはべつに好きなわけじゃないのよ！」

藍子はとくいらしく、こうささやいた。そこには愛におごれる高慢な小さき女王のすがたがあった。

お金をたくさん持っている人が、お金をそんなにだいじにしないように、愛情をたくさんうるさいほどそそがれる藍子には、『愛される』ことはそんなにありがたくもなく、人の愛情をそまつにあつかうらしかった。

麻子は（じぶんのようにおさない日から愛情にうえている子は——）とかんがえて、藍子がうらやましかった。

「そこにばっかりひっこんでないで、こっちへ出ていらっしゃいよ、おかあさまひとりぼっちでさびしいから」

と藍子のおかあさまが、お客間のほうから小さいふたりをお呼びになった。

（おかあさまひとりぼっちでさびしいから——）おお、何というなつかしいやさしい母君のみことばぞ――麻子はびんかんに涙さしぐんだ。ああうちのおかあさまも、あんなことをひとことでもおっしゃるようだったら、どんなに麻子うれしいかしれないのに――と麻子はかんがえた。わたしのおうちは人がおおすぎる、いつもざわざわして――そして麻子はのけものにされて、だれもだれも麻子の気持をりかいせず、かまってくれないのだわ――。

そう思いしずんでいる麻子に藍子は、

「あっちへもどりましょうよ、おかあさまがひがむといけないから――」

とおなまをいって、麻子の手をひっぱって、またお客間へはいって行くと、おかあさまはほんとにひとりぼっちがつまらなそうに、ピアノにむかってらっした。

「なんでもひいてあげますから、ふたりでうたってごらんなさい」

と、ピアノのうえの譜本をたくさんおろして、おひろげになった。

人のうちへきて歌をうたうなんて麻子には、とてもできない芸だった。

「ねえ、うたいましょう、学校のつまんないわ、うちのかあさまに教えていただくほうが、早くおとなの曲おぼえてよ」

藍子はなまいきをはっきした。麻子よりも、ぐっと音楽には母の手引きがあるので、いろいろな歌の名もしっていた。

「わたしね、おうちでおかあさまに教えていただいているのよ、あなたもおならいにならない?」

藍子がすすめた。

「ホホホホホ、藍子、おかあさまのお弟子をかんゆうしてはいけませんよ」

おかあさまはお笑いになった。おとうさまがお亡くなりになってから、未亡人でピアノや歌を子どもたちにおしえていらっしゃるのだったから、いま藍子がわが母のお弟子をひとりふやそうとするのを、お笑いになったのであろう。

麻子は思い出した、いつかの夏の夜、じぶんがこころくるしくさまよいきたとき、この窓のあたりからもれた『からたちの花』のうた声を――

藍子は、麻子のまえでおめずおくせず、母のピアノ伴奏で『ナイトさん』だの『ポンポコ狸』だの『ニャンニャン踊り』だの童謡をうたって聞かせた。

「わたしいまにレコードに吹きこめるかもしれないわ」

うたいおわっていとほがらかに、こういう藍子のかがやくばかりの自信と、つよ気に、麻子は眼をみはった。

「麻子さんもなにかお声をきかせてちょうだい」

やさしく藍子のおかあさまからすすめられて、麻子はとうとう小学唱歌をひとつ、きえいるようななさけない声でうたっただけだった。

「いいお声よ、それにもうすこし勇気があれば――」

ピアノからこっちをおむきになって、藍子のおかあさまはおっしゃった。

「まいにちならっていれば、人のまえでうたうことなんかなんでもなくなるわね、おかあさま」

藍子はこういった。

「麻子さん、もしおたくのおかあさまがおゆるしになるなら、うちへおけいこに遊びがてらいらっしゃるといいのに――」

とうとう先生がお弟子いりをすすめることになった。

その日はあとでレコードをかけたりして、麻子はゆうがたおうちへかえった。

じぶんのうちへかえって見ると、母子《おやこ》ふたりの藍子のおうちにいたほうが、お客さまとしてもてはやされて、じぶんが中心になってはりあいがあったのを、しみじみ知った。

(麻子は家ではよけいな子、あぶら虫、はぐぬけ、みそかす！)

こんなふうに麻子は、じぶんをあわれな子に思いこんでしまった。

そのよく日、学校で藍子にあうと、ちいさい社交家はすぐ麻子にいった。

「あなた、わたしのおうちで遊ぶのおいやなの？」

「いいえ、とてもおもしろかったわ」

「じゃあ、なぜ、なんにもお話しにならないの、あとでうちのおかあさま心配していらしたわ、麻子さんはどうしてあんなに口かずをすくなくしていらっしゃるのかしら？　きっとよそのおうちはおきらいなんだって、ほんと？」

「いいえ！　まるでちがうの、わたし、じぶんのお家だいきらいよ」

麻子がおもわず口をすべらしてしまった。

「まあ、ごじぶんのおうちがきらいなんですって！」

藍子はびっくりぎょうてんした。

「ええ——」

麻子はとんでもないことをいったと赤くなった。子どもらしい虚栄心からも、じぶんの家でのふへいふまんな、よけいものあつかいを告白したくはなかったから。

「どうしてなの？　きかせてちょうだい、わたしそんなことふしぎで、わからないわ」

藍子がひじょうにきょうみと好奇心を持ちはじめた。

「なんでもないのよ――」

麻子は口ごもった。そして、

「わたしね、おたくへうかがってなにもおしゃべりしなかったのは、うちのおかあさまが、あまりおしゃべりしてはいけません、っておっしゃったからなのよ」

それだけは正直に告白した。

「そう、うちのおかあさま、いつだって、そんなことおっしゃったことなくってよ」

藍子はくびをまげてかんがえていたが、

「あなたのおかあさま、ほんとのおかあさま？」

と少女らしいそうぞうをした。

「ええ、ほんとうなんですって、だけど、わたしじぶんの生まれたときのこと、おぼえていないから知らないわ」

麻子はかなしそうだった。

「ホホホホホ、だれだって、赤んぼうのときのおぼえはないわ」

藍子の笑い声をききつつ、麻子はふとじぶんが継子じゃないかとおもった。そんなとてつもないことをそうぞうすると、だんだん継子みたいに感じられてきて、涙さえほんきでわくのだった。

「ねえ、麻子さん、わたしが、ほんとのおかあさんか、そうでないか、こんどおたくへうかがってよくかんさつしてあげるわ」

藍子がいった。彼女のかんがえでは、どこかいじけて弱気のはにかみやのこの友だち、ことにいつかじぶんの家の門のまえへさすらってきた麻子が、継子であるほうが、なんとなくロマンチックで同情できておもしろいとおもったのである。

（あなたのおかあさまをかんさつするわ）といわれて麻子はこまった。この学校友だちがうちへきて、じろじろおかあさまを見るのかとおもうと、はらはらした。そして、もし「やっぱりあなた継子よ！」など発表されたら、それこそどうしていいか、わからないとなやんだ。

だから、麻子はその後もときどきまねかれて、藍子のおうちへはなんども遊びに行ったけれども、ついぞいちどもじぶんのうちへ藍子を呼びはしなかった。

それで麻子のおかあさままで気をもんで、

「麻子、たまには貝沼さんのお嬢さんもおうちへおつれなさい。おまえばかりあちらへうかがっていてはおかあさまもきまりがわるいよ」

とおっしゃったが――麻子は（だって、藍子さんおかあさんをよくかんさつするっていうんですもの！）と心でつぶやいたが、いつもの悪いくせで、うやむやに、ろくにごへんじもしなかった。

すねておしだまっていては、もとより万能の神さまでないおかあさまに、麻子のびみょうな心理のわかるはずなく、

「なんて、むっつりした、いやな子だろう」

とこまっていらっしゃるだけだった。

藍子は学校で麻子がついうっかりしてことばにもらした、はんぶんほどの彼女の心のなやみの告白を、おうちでおかあさまにつげた。

藍子のおかあさまは、かんがえぶかそうに眉をよせて聞いていらっしたが、

「それは、麻子さんはほんとうのおかあさまをただ空想して、そううたがっていらっしゃるのよ――子どものときは神経のびんかんな、愛情につよい欲求をもちすぎる子は、よくそんなことを思うものですよ。それだけに麻子さんはもしかしたら、芸術家

らしいたましいをもってるのかもしれませんね」

と、しずかにおっしゃった。

「まあ、あのよわむしさんが芸術家！」

藍子はふきだしてしまった。

「麻子さんがおうちでさびしい子だったら、なおのこと、たびたび呼んであげましょうね。おかあさまはあのお嬢さんをおもしろい性格だとおもって、きょうみを持っていますから、よくかわいがってあのひとのもとめている愛情をできるならあげたいのですよ」

とおっしゃるのだった。

「おかあさま、いやよ、藍子をかわいがるぶんまで麻子さんにあげちゃいや」

藍子はちょっとしんぱいした。

「ホホホホホ、だいじょうぶですよ、おかあさまは藍子ひとりより子どもがないから、まだたくさん『愛情』があまっていますよ」

藍子のおかあさまの母性愛は、まだたくさん貯金してあるようだった。

片すみの子

麻子が二年生になったとき、麻子のしたにあたらしい赤ちゃんが生まれた。

それは亡くなった桜子ちゃんの生まれかわりのようにおもわれた。でも、桜子ちゃんは女の子だったのに、こんどの赤ちゃんは男の子だった。神さまがそそっかしくて、女の子と男の子とおまちがえになったのかもしれない。

でも、その男の子はまえの桜子ちゃんにもまして一家にたいせつにあつかわれた。名は喬さんといった。

あたらしい子の喬さんに、おかあさまはむちゅうで、いよいよ麻子は、ときとすると家のなかのかたすみの忘れられた、夏のうちわのようなそんざいとなった。

麻子があるときそっと、

「わたし藍子さんのおかあさまの歌のおけいこのお弟子になってもいい?」

とえんりょぶかくいい出したとき、おかあさまの表情は(おまえみたいにかわいくない女の子は、歌なんかならってもねえ)といういみをろこつにしめしていられた。

「おバカさんね、藍子さんのおかあさま、月謝がほしくてすすめるんでしょう。きっとおうちこまっていらっしゃるのよ！」

と蓉子ねえさんが、かなりおしゃまないじわるなそうぞう説をはいた。（いやしいねえさん、わたしきらい）麻子はこの姉を心からおこってしまった。

こんなことで、かわいそうに、せっかくの麻子の声楽のおけいこは、おじゃんにされてしまった。

かたすみの子はあわれ、いよいよかたすみにいじけて白い眼をする子となった。でも、藍子のおかあさまは、けっして月謝なぞほしくて、麻子におけいこをすすめるのではなかった。

それがしょうこには、それからまもなく藍子のおかあさまは、彼女が自宅へあそびにきた時、きっと一時間か二時間きまって歌のけいこをしてくだすった。

麻子ははじめは、おずおずして大きな声もとても出せなかったのが、このしんせつなやさしい先生のピアノの音がなると、声がおのずと自由にでるようになっていった。

一つ二つ三つ、いろいろ歌をおぼえて、その夏休みまえには、もう『からたちの花』も、どうにか節まわしがはずれずに、少女らしいちょうしでうたえるようにさえ進境をしめしていた。

そのころ藍子は、夏休みに母と旅行するよていを麻子につげた。

「わたしたち、こんど北海道の農園のおばさまのところへ、おかあさまと夏休みじゅう行ってますのよ」

「まあいいわねえ、じゃわたし、あなたとずっとお休みちゅう会えないのね、歌もおけいこできないし――」

麻子がさびしがると、

「あら、そんなにひかんしないでもいいわ、すてきなことがあるわ、どう、麻子さんもごいっしょに北海道にいらっしゃらない。おばさまのお宅、そまつだけれどひろいのよ、たくさん行ってもだいじょうぶよ。ね、そうしましょう、そうすれば、ふたりはお休みちゅういっしょに遊べてどんなにたのしいでしょう。藍子もたいくつしないですむわ。だっておばさまのところ、藍子よりずっと小さい男の子がひとりいるだけで、つまんないんですもの――」

と藍子は、じぶんのつまんないのをすくうためにも、しきりと麻子を同伴したがった。

「だってだめよ、うちでゆるしませんわ」

「いいわ、わたし、うちのおかあさまにたのんで、あなたのおうちへだんぱんに行ってもらうから」

藍子はそうひとりぎめにした。

ところが、藍子のおかあさまは娘のこの発議にさんせいしてくだすった。そして、麻子のおうちを訪問して、麻子のおかあさまに「麻子さんをこの夏はごいっしょに北海道へ、ぜひおつれしたいが、いかがでしょう。あんななかよしですから、いっしょにやっていただければさいわいです」とおたのみになった。

「まあ、北海道へですって！」

はじめ麻子のおかあさまはあきれておしまいになったけれども、いろいろ藍子のおかあさまがていねいにおたのみになると、いつか麻子がこの人のうちですくわれ、わざわざうちまで送りとどけていただいたご恩もあるし——きっぱりことわるわけにもゆかず、こまっておとうさんにごそうだんなすった。

おとうさまは気が大きくて、子どもへは自由主義なので、

「やってもいいだろう。旅行をすることはいいことだし、あの子はどうも小さいとき

からうちの者によくしたしまず、いじけたところがあるから、しばらくそうして他人のなかへあずけておくとやっぱりじぶんの家が世界じゅうで一ばんいい、親ほどありがたいものはないと、気がついてかえってくるかもしれんからな」

とおっしゃった。それでおもいがけなく、麻子の北海道行きは、じつげんされることになった。

「まあ麻子なまいきねえ……北海道へ小さいくせに行くなんて、熊に食べられてもしらないわよ」

と蓉子ねえさんがいった。

「麻子が北海道へ行くと、色が黒いからアイヌの子とまちがえられる」

とにいさんが笑った。

「土地がかわるから気をつけて。病気して、藍子さんのおかあさんにあまりめいわくかけるようでは、あとでおかあさまがこまりますからね」

と、それぱかりおかあさまはくりかえしていらっしゃった。

夏休みになり、いよいよ麻子は藍子とそのおかあさまにつれられて、上野駅から北海道さして出発して行った。

生まれてはじめてのながい初旅——

汽車の寝台車というものにはじめてねて、なんどもおべんとうたべたり車内食堂へはいったりなにもかも麻子にははじめてのけいけんだった。

青森の海も連絡船でわたって、函館から汽車で、小樽も札幌もすぎて、ながいながい汽車の旅をつづけて、十勝のいなかの小さい駅で、やっと一行はおりた。その駅にはおばさまもそのだんなさまのおじさまも迎えに出ていらっしって、この姪とそのともだちの麻子をかんげいしてくだすった。

「あれが白樺よ、あれがアカシヤの樹よ、白いいいにおいの花が咲くのよ、あれがポプラよ。風がふくとかさこそと葉がなるわよ」

などと藍子は、その農園のしゅういの森や木立をせつめいした。

夏のみどりに取りかこまれたひろい農園はうつくしく、暑さしらずにこころよかった。

柵をめぐらした青草の野に、牛や馬がはなし飼いにしてあった。

りんごはまだ青く、一つ一つ袋をかぶって枝にいっぱいついていた。

まいにちしぼりたての牛乳や、おじさまの手製のバターを、おばさまの焼くパンにつけて、麻子はおいしくごちそうになった。

麻子は他人の家だって、ちっとも苦しくなくておもしろいわ、とおもった。でもそれは、藍子やそのおかあさまがごいっしょのせいだったにそういない。

藍子は麻子とまいにちあそんだ、山に、野に、原に、牧場に、河のほとりに――。そしてときどきおばさまの子の一郎さんをお守りしてやって、それから藍子のおかあさまのお弟子としての日課もやすまなかった。

おばさまのおうちには、ふるいピアノもあったし、おじさまはセロを、おばさまはヴァイオリンを、みんな音楽のしゅみがあったから、ここでもうたうおけいこはつづけられた。

ある日、麻子たちが戸外であそびつかれて、夕陽が十勝平原の地平線に、あかあかと火の玉のようになってしずむころ、おばさまのおうちへかえったとき、藍子のおかあさまはピアノを鳴らしていらっしたが、いそいそと出むかえておっしゃった。

「あなたたちふたり、しっかりしないとたいへんですよ、この村の音楽会へふたりで出ることにきまったのですよ」

と――それはこの村の小学校が、いままでオルガンよりなかったので、こんどピアノを買うためにお金をあつめるので、映画と音楽の会を一夜して、その入場券のうりあげ代の利益で、ピアノを買うお金の一部をつくろうということになったので、おばさまたちは校長さんや、村長さんからそうだんをうけて、音楽を受け持つことになり、藍子のおかあさまのピアノ独奏と、おじさまのセロと、おばさまのヴァイオリンとピアノの三部合奏と、それから藍子と麻子二少女の合唱ならびに独唱ということになったのである。

「まあ、うれしい、わたし音楽会へ出られるのね。いいわ、日比谷の公会堂でなくてもがまんするわ」

と藍子ははしゃいだ。が、麻子はもういまから胸がどきどきした。

それからまもなく、その村の家のかどかどに、大きな紙ビラの広告がさげられた。

それにはこんな文字が墨くろぐろと筆ぶとに書いてあった。

音楽と映画の会

名映画　スキピー

東都の大ピアニスト、貝沼夫人出演

××農園御夫妻合奏、ヴァイオリン、セロ。
天才少女声楽家　貝沼　藍子嬢
　　　　　　　　青柳　麻子嬢　独　唱
×月×日　於当村小学校会場。

夏の農村の朝風に、このビラはひらひらとはためき、道ゆく人の足をとめた。天才少女というところには、とくに赤いインキで二重のうずまるがつけてあった。かくて、おうちのなかではかたすみの子の麻子も、北海道の村では、あっぱれ天才少女になりあがってしまった。

もうふたりは遊ぶひまもなかった。一日じゅうおかあさまのピアノのまえで汗だくで猛練習を開始した。

「天才と書かれたいじょう、うっかりはできませんよ」

おかあさまははげます。ふたりはますますむちゅうになった。

「わたし天才って書かれたら、ほんとに天才みたいな気がしてきたわ、どうしましょう、こまったわ」

と、藍子がそうこまったようでもなくいった。でも麻子は、気が小さくそれどころではなかった。もうその日から、おいしい牛乳もバターもごちそうも、胸がいっぱいでのどをとおらなかった。

ときどきおそろしくって、そっとひとりで東京へかえってしまおうかとさえ思ったりした。

だが、そのうちに、その音楽会の日はだんだん近づいてきてしまった。

舞台に立ちて

いよいよ音楽会の当日がきてしまった。いまは泣いても笑ってもしかたがない、麻子は天才少女音楽家として晴れの舞台に立たねばならない。

曲目は、ピアニスト貝沼夫人すなわち藍子のおかあさまのおかんがえで、ふたりにごそうだんがあり、だれでもよく知っている歌でないと効果がないというので、藍子さんが童謡の『青い眼のお人形』とそれから一つ気どって『サンタルチア』これはベルトラメリイ能子さんばりで、大いにうたうことになった。

それから、麻子は童謡の『唄を忘れたカナリヤ』をうたうだけだった。それひとつでも、麻子には大しごとだった。

そして、ふたりの合唱としては、貝沼夫人が女学生のころよくおうたいになったものので、その思い出からよくふたりにおしえこんでくだすった曲だった。

春のうららの隅田川
のぼりくだりの船人が
櫂のしずくも花とちる
ながめをなににたとうべき

この古いしらべの曲は日本的に美しいことばと音律にゆたかで、藍子のソプラノと麻子のアルトの合唱は美しいものだった。

その会の日まで、合唱もめいめいの独唱も汗水たらしてウンウンいって、麻子と藍子は練習したのだった。

「少しぐらいうたいまちがえたって、みんなきく人はよく知らないんですもの、かまわないわ」

藍子はいまからそんなずるいりょうけんをおこしていた。たぶんそうおもうと、心がだいたんにおちつくせいであろう。

さて音楽と映画の会は、午後六時から開会されるのである。

麻子は朝から心がおちつかなかった。まだなんにもしないうちから、心臓がどきどきしてしまった。

「麻子さん、おふろにはいるのよ。そしておしたくしてから、もういちど合唱だけやってみましょうよ」

藍子はもうおしゃれにむちゅうだった。

「あのね、お湯ははやくつかっておかないといけないんですって。あわてておふろからあがってかけつけたりすると、どうしても声量が出ないんですって、たいへんね」

藍子はおかあさまから聞いたばかりの知識を、れいのおしゃまでふりまわした。そしてねんいりにお湯をあびて、なんといつも使ったこともないぬか袋というもので顔

をなんべんもこすって、

「麻子さん、これでお顔をこするとすこし白くなるわよ」といってわたした。

「こんな、ねちゃねちゃしたものいやだわ」

と、麻子はきみわるそうにぬかぶくろをほうりだした。さて、お湯からあがると藍子のおかあさまは、ふたりをとらえてお化粧してくだすった。

「麻子さんは褐色《オークル》のほうがお似あいになるわ」

と藍子がおしゃまをいうと、貝沼夫人も、

「そうね、そして、口紅と頬紅で引きたてましょう。とても個性のあるよいお顔になりますわ」

と、おっしゃった。

いままでおうちで、だれにもかまってもらえなかった麻子は、みんなにやさしく顔やからだの世話をしてもらうのにまかせっきりだった。

「さて、お洋服は？」

と、おかあさまとおばさまが首をひねったところで、旅さきのこととて、べつにたくさん着がえを持ってきてはいないので、けっきょく、学校の制服の白リンネルのセーラーで出ることになった。

「わたしこんなことが早くわかっていれば、夜会服つくっていただいとけばよかったわ、ねえ、麻子さん」

藍子は、身なりがいちにんまえの声楽家でないことだけを、ひどくざんねんがった。

「天才少女なんてものは、セーラーを着ているほうがいいんですよ」

と、おばさまがお笑いになった。

「そういえば、諏訪根自子さんがセーラーでヴァイオリン持っていらっしゃるお写真、すてきだったわ」

と藍子はおかあさまのほうにふりむくと、

「おかあさま、こんやの記念撮影、おわすれになっちゃいやよ」

とおねがいした。

「そんなことより、こんやの歌をりっぱになさいよ」

と、おかあさまがたしなめた。そこへおばの子の一郎さんが、やはりかわいい浅黄のリンネルのセーラーのからだがかくれるほどな、花束をかかえてはいってきた。農場であつめたありったけの花が、二つの花束にわけてあった。

「ぼくどうしてお花あげればいいの？」

と、きょうの天才少女たちに花束をあげるたいせつなお役目の一郎さんがたずねた。

「まごつくといけないから、そのおけいこしましょうよ」

藍子がいい出した。

「じゃよくって、ここのピアノのあるところが舞台なのよ。ピアノから少しはなれてわたしが立ってうたっているでしょう。そして、うたいおわっておじぎをするでしょう、こうね。そうするとみんなが手をたたくでしょう、そのたたく音がきこえたら、一郎さんは花束をひとつだけかかえて、ちゃんとおすましして出てくるのよ」

「もし、だれも手をたたかなかったらどうするの？」

とまんいちのために一郎がたずねた。

「たたくにきまっているわよ」

藍子がごきげんをそんじた。それから彼女は、おじぎをして花束をうけとるまねをした。

「麻子さんもおけいこしておきなさいよ」

と、彼女は麻子にもおけいこを強要した。こうして花束までよういして、そのおけいこまですまして、やがてピアノが会場にはこばれて行った。そして六時すこしまえに、一同は村に一台あるガタガタのフォードにのって会場の小学校にでかけた。

その小学校に講堂というのはべつになかったから、卒業式のときのようにいくつかの教室をつらねて、幕などうちめぐらした。そして校門の入口には、縁日のように夜店が出て、とうもろこしを焼いてうっていたり、氷屋がラムネをならべていたり、まるで鎮守さまのお祭のようなさわぎだった。演奏者たちは控室におさまって、時間のくるまで待っていたが、会場のほうから刻々群衆のどよめきがつたわってきた。麻子はそれを聞くとつなみのよせてくるのを待つような気がして、また胸がどきどきとしてくるのだった。

そこへフロックコートを一着におよんだ村長や校長先生が出ていらしって、

「おかげさまで本日は、満場りっすいのよちもない盛況でございます。なにしろ当村はじまっていらいの芸術的なもよおしでございますから」

やがて、ガランガランと小使さんが鐘をならしてあるいた。すると会場のほうのどよめきはしだいにしずまっていった。

なにしろせまい会場へ、あとからあとからと人がつめかけてくる。隣村からまでやっ

てきているという話で、青年団の人たちが会場整理に大あせになっていた。そのようすをのぞいて藍子はうれしそうに、

「まるで早慶戦のときみたいよ」

と、とくいまんめんであった。

校長先生が急造の舞台にあがって、開会の辞を一席べんじられると、しょうめんにプログラム第一番がはり出された。それは農園主夫妻のセロとヴァイオリンの合奏に、藍子のおかあさまがピアノの伴奏をなさるのだった。曲目はメヌエットとユーモレスク、会衆はめじろおしにならんでつつしんできいていたが、小さい子どもたちは曲目のとちゅうにおぎょうぎをよくするのにくたびれて、からだをうごかすのが多かった。それがすむとこんどは藍子のおかあさまのピアノ独弾、ベートーベンの作品だったが、聴衆はきゅうくつそうに咳もしないできいていたが、なにしろピアノの音もはじめてきく人たちが多かったから、それがすんで五分間の休憩になると、ほっとしたように、たちまちがやがやさわぎはじめた。

やがて、五分ののちふたたび鐘の音がなりわたると、会場はひっそりした。そして舞台のしょうめんには『合唱、花、貝沼藍子、青柳麻子』と第三番目のプログラムが

はりだされた。「東京からきた女学生のお嬢さんだって」とささやく声がして会場がちょっとどよめいた。

「ではおちついてしっかりなさいましよ」

と、ピアノ伴奏の貝沼夫人が藍子と麻子をさきに立てて、舞台にあらわれた。急霰のごときはくしゅの波がいちどにおこった。

褐色に頰紅がはえて、大きなとくちょうのある、黒目がちの瞳がひらかれた麻子の顔は、灯のしたにりりしく美しかった。となりにならぶ藍子もむろん色白の愛くるしいすがたで、ちいさい媚をふくむかのようにさえみえた。ふたりおそろいの清楚なセーラーのすがたは、また、清げにかわいかった。

ピアノのきれいな前奏がおわると、藍子のソプラノが――つづいて麻子のアルトがこれに和して――はるのうららの、すみだがわ、のぼりくだりのふなびとが、かいのしずくもはなとちる――鳴りをしずめてその少女の合唱に耳をすます会場は、水をうったようにしずかになった。

麻子は舞台にさいしょにあがったときから、まえの聴衆の顔がかさなりあって、黒い波のように見えただけ、あとはむがむちゅうだった。その合唱がおわったとき、会衆は拍手をするのさえわすれたようだった。しかし、ふたりがおじぎをしてひっこむと、会衆は夢からさめたように、百雷のおちるがごときはくしゅをおしみなくおくった。


控室にもどると、貝沼夫人は麻子と藍子の肩をだいて、

「だいせいこう！　あのちょうしでこのつぎの独唱もしっかり！」

とおっしゃった。

「ぼく、お花あげるのまだ？」

とさっきから一郎さんは手に汗のでるほど、お花をにぎりしめてまちどおしがった。

「このつぎに。まちがわないでね」

と藍子がいっていると、
サンタルチア、青い眼のお人形、貝沼藍子——とつぎのプログラムがはりだされた。

「みんなが待ちどおしがっています。どうぞおよろしかったら」

と、うやうやしく迎えにきた会場係の先生といっしょに、藍子は伴奏のおかあさまをおとものように、意気ようようと舞台にふたたびあがって行った。

むろん、ベルトラメリイ能子ばりのサンタルチアも美しかったが、それよりもつぎ

の童謡『青い眼のお人形』のときには、会衆のなかばの子どもたちは、すっかり感動して、あやうくいっしょにうたい出しそうなのさえあった。そして、それがすむと、はくしゅのうちに待ちかねたように、一郎さんが花束をかかえこんであらわれた。藍子はいかにも気どったようすでそれを受けとり、会衆にむかって笑みをふくんで感謝のえしゃくをかえし、ゆうゆうと舞台をおりてゆくすがたなど、なかなかそうとうなものであった。

　すると会場のほうからは、はげしい拍手がアンコールのようになんどもつづいた。いきせききってかけこんできた委員が、

「もうしかねますが、もういちどご出演いただけないでしょうか」

　と藍子のまえに頭をさげた。

「だって、一つきりおけいこをしなかったんですもの、どうしましょう、おかあさま」

　藍子がごそうだんすると、

「童謡なら、もう一つくらいなんかうたえるでしょう」

　おかあさまがおっしゃったので、いきおいをえた藍子は、

「それじゃわたし『あさね』をうたうわ」

と藍子はさっそうとして、おかあさまと出ていった。

とろろんとろろん鳥がなく
ねんねの森から眼がさめた
さめるにゃさめたがまだねむい

ごはんをたべたしまだねむし
学校にゃ行きたしまだねむし
とろろん小鳥がないている

かわいいこの歌詞とともに、藍子のあまいかわいい声は会衆をよわせた。手のいたくなるほどひとびとが手をたたくと、控室から一郎さんが、もうひとつの花束を持って息せききって出た。

（あら、これ麻子さんへあげるぶんだのに）と藍子はびっくりしたが、しかたがないのでにっこと笑ってそれをうけとった。

それから控室へかえってくると、五分間きゅうけいとなった。

「こんどは麻子さんの番ですよ。藍子にまけないように」

と、おかあさまがお笑いになった。

麻子のからだはいまのうちからこわばってしまった。

「ごめんなさい、麻子さん、一郎さんがアンコールのときにまで、花束もってきちゃったんで予算がくるったわ」

と、藍子がもらった二つの花束を持ってまごまごしていると、おばさまがわきから、

「かまわないわ、そのおなじ花束をすこしくふうして、また麻子さんにさしあげるのよ」

とおっしゃって赤い花をぬいたり、白い花をあっちへやったりなすって、たちまち二つのちがった花束をおこしらえになった。そして五分のきゅうけいはおわった。

「さあ、いよいよ麻子さん」

貝沼夫人におされるようにして、麻子は舞台に出ていった。舞台にはおおきなビラが、
歌を忘れたカナリヤ　青柳麻子、

と書いてあった。

ピアノの音とともに——唄を忘れたカナリヤは、うしろのやぶにすてましょか——とうたい出されるはずなのに、いつになっても麻子の声は聞こえださない。伴奏の貝沼夫人は、はっとしてうしろをふりむくと、麻子がいまにもたおれそうに、額に大つぶの汗をうかべてまっさおな顔をし、瞳にはなみださえ浮かべて、硬直したように立っているのだった。

（まあ合唱もよくできたし、おけいこのときは、あんなによくうたえたのに……）貝沼夫人ははらはらして、おもわず心で神さまにいのった。（心よわくおじけるあの子に勇気をおあたえくださいまし）と、そしてピアノからふり向けた眼を麻子にそそいで、（麻子さん、勇気を！　勇気を出して！）と無言のうちにはげますのだった。

麻子はピアノの音とともにうたおうとしたのだ。けれども心臓はもうわくわくして、早鐘をつくようになり、手も脚も硬直して、のどには大きな鉄の玉がつまってしまったようになり、くちびるは熱をおびてわなわなふるえるばかり、つめたい汗が、背なかに額にながれて——たおれそうに眼がくらみ、頭はあせればあせるほどボーッとしてしまうのだった。（もうわたしはだめだ）麻子は胸のなかでかなしくさけんだ。

唄を忘れたカナリヤ——それはまさしくあわれな麻子じしんだったものを——このかわいそうな小胆な少女声楽家はそのまま、あわや晴れの舞台に卒倒するかと見えた。

そのとき、舞台のすぐうしろの控室のドアが一寸ほど開けられたと思うと、そのすきまからもれくるうた声——(唄を忘れたカナリヤは、うしろのやぶにすてましょか——いえいえそれはなりませぬ)——それは藍子がいま麻子のうしろから、友をたすけてうたう声だった。その友の情のうた声が麻子の耳にしみいったとき、ちいさい彼女は思わず眼をつぶって敵陣にとっかんするごとき死にものぐるいで、のどの鉄の玉をはき出して大声を出した。この唄を忘れたにあらで、おじけてうたえぬ少女がやっとうたい出したのである。

貝沼夫人は、ほっと胸なでおろして、ふたたびはじめの伴奏からピアノを弾きなおした。

象牙の櫂に、銀の船に乗ったカナリヤが、月の浜辺にうたうごとく、ぶじにやっとうたいおわった。はじめどうなることかと、かたずをのんだ聴衆は、どっといちどに同情のはくしゅを、少女声楽家の初舞台におくった。

ばたばたかけ出した一郎さんが、ゆらゆらと花束をかかえておくった。麻子は高鳴る胸にうちふるう手にそれをとっておじぎをなんどもした。その双の瞳には涙がそっとうかんでいた。またはくしゅがおきた。

控室に貝沼夫人にまもられるようにしてたちもどると、藍子がいきなり飛びついてさけんだ。

「よかったわねえ、麻子さん、わたしどうなるかと胸がどきどきしたわ」

「ありがとう、藍子さんたすけてくだすって……」

麻子は花束をかかえていきなり泣き出した。会場のほうからは、しきりとアンコールの大波小波がうちつづいた。

会場の委員がまたとんできた。

「いかがでしょう、おなごりにもうひとつだけなにか」

と麻子にたのむのである。

「でも、このお嬢さんはとても気がよわいからね、ホホホホホ」

貝沼夫人がことわろうとすると、麻子は涙をふいておおしく、

「おばさま、うたえますわ、こんどははじめからおじけずにちゃんとうたいます」

と、いいきった。

「だいじょうぶ？　麻子さん」

藍子がねんをおすと、麻子はええとうなずいて、

「名誉かいふくのためにわたしにうたわせて！」

とねがうようにいいきった。

「なんの歌になさいます」

貝沼夫人がしんぱいすると、

「『からたちの花』ならできますわ」

と麻子がゆうかんに答えた。

「そう――じゃあ、その伴奏ならわたしもできるわ」

藍子まで、また舞台に伴奏者として立ちたいほど昂奮していた。

「ホホホホホ、ではちいさい二人にまかせましょう、ピアノも歌もちょうしがくるってもかえってご愛嬌になりましょう。ほんとうのプログラムは、これでともかくおわったのでございますから」

貝沼夫人もおばさまもお笑いになった。

「番外『からたちの花』」

と委員が舞台でよぶと、このゆうめいな歌曲は、この村の人たちの耳にもなじみぶかかったと見えて、まだなにもうたわぬまえから大人気ではくしゅがなりひびいた。

「名誉かいふくよ！　よくって」藍子はピアノにむかうまえ、小声で麻子にささやいた。

からたちの花！　それは麻子がかつて藍子の門にまよいこんだ夏の宵、その窓からひびいたうた声ではないか。そを聞いて涙せし思い出あらたにいまうかぶのである。麻子はうたっているうちに、あの宵のじぶんのみじめなあわれな幼いすがたが眼にうかんで、もの悲しく胸がせまった。もうたくさんの聴衆もおおくの視線も、なにもおそろしいものはなくなった。麻子は、ただじぶんのために大きな声を、ひろい野原のなかでただひとりうたうような気持だった。

われるような大はくしゅのうずまきがおきたとき、麻子はわれにかえった。一郎さんが花束をまた持ってささげに出ている。

藍子もピアノをはなれて、にっこり気どっておじぎをして麻子と控室にかえったが、さすがにふたりともつかれはてて、もうこれで大任がはたせたと、がっかりしていすに身をなげるのだった。

会場のほうはこれから映画にうつるので、ひとびとがまたどよめいている。

演奏者たちは、フラッシュをたいて記念撮影をして、またガタガタ自動車でかえるのである。二つを四つに使いわけた花束をひとつずつわけてもって、藍子と麻子と、そして、おかあさまとおばさまご夫妻と、花をささげるお役目を、なかなかじょうずにつとめた一郎さんと、もりこぼれる車に乗って、いちどうは凱旋軍のように、夜ふけの農園のお家へ引きあげて行くとちゅう、街道の並木のポプラの葉は夜風になり、空には星が宝石くずのように散らばってひかっていた。そして、麻子の眼も熱をおびてキラキラとかがやいていた。

(思いきってやれば、わたしだってなんでもできるんだわ!)

彼女はその宵はじめてじぶんというものに、自信をいだくことができたのである。

その夜、藍子と枕をならべてねむりつつも、麻子は、おとなりの藍子がつかれてすやすや眠っても、なかなか寝つかれなかった。

あのどよめく聴衆、灯のしたの舞台、それがどんなにおそまつないなかづくりの会場であったにしても、麻子にしては、パリのグランドオペラの建物のように思いかえされた。そして、さいしょの合唱、さてじぶんの独唱となってから、唄を忘れたカナリヤになりかかったときの苦しさかなしさおそろしさ！　そしてやっとうたい出したときのあの勇猛心よ。そして、みずから進んでアンコールに立って『からたちの花』をうたった心持、花束を胸にかかえておじぎしたとき、いつまでもいつまでもかみしめるように思い出しては、麻子は床のなかでこうふんして、一夜を明かしてしまった。

そして、その夜をさいごに、いままでのかたすみ者のいじけた麻子は、まるでその性質を一ぺんさせたほどのはげしい変化を、身に心におこしたのであった。

妹の変化

小学校では音楽と映画の会が大盛況で、切符がたりないほど売り切れになったので、おかげでピアノが一台買える資金の助けに、じゅうぶんなったのである。

学校ではていちょうな感謝状をそえて、アイヌの細工のペン皿と、熊の子の彫刻に記念の名をいれて、その宵の演奏者一同におくってきた。

それと記念撮影の写真と、当夜のプログラムをまたとなきおみやげにたずさえて、はやくも秋風たちそめたその島にわかれをつげて、麻子は藍子とおかあさんにつれられ、東京にかえることになった。

札幌に用のあるついでにと、そこまで送ってくるおばさまとかわいい一郎さんといっしょに、思い出つきぬその村に別れをつげて、この天才少女声楽家は、またもとの女学生にかえるべく立ち出でた。

函館を船出して青森に、一路、東京へ——麻子はぶじに家についた。

「アイヌの子とまちがえられなかった?」にいさんたちがひやかしたが、麻子はもういぜんのようにいくじなくべそをかいたり、白い眼をしてだまりこくってはいなかった。

「わたし天才少女声楽家とまちがえられたわ」これが麻子の、いともゆうかんなる答えだった。

「どうしたの? 麻子さん、気がへんになったの。手紙ちっともよこさないから、みんなしんぱいしてたのよ」

蓉子さんが、夏じゅうせっせとおしゃれをしたと見えて、すこしも陽にやけず、いよいよ美しくかざったすがたでいった。

「これ見てちょうだいよ！」麻子はツンとして、かばんのなかから、音楽会の夜の記念撮影と、プログラムと、アイヌの細工物と、感謝状を宝ものみたいにとり出して、いっぱいひろげた。

「あら！　ほんと、あなたうたったの！」

「まあ、これはこれは」おねえさまとおかあさまは驚嘆して麻子を見つめた。

「へーえ、麻子もそうとうなもんだね」おにいさまたちもびっくりした。

「麻子、北海道ではたいへんえらいことをしたんだね」おとうさままで写真を見たり、感謝状をおよみになったりみんなおどろかされてしまった。そして、おとうさまはにこにこなすって、

「この夏は、麻子は天才声楽家になったり、蓉子は許婚ができたり、青柳家もめでたし、めでたしだな」とおわらいになった。

「まあ、おねえさま、お嫁にゆくの？」

麻子がいうと、蓉子はあわい紅梅の花ぐらい、ちょっと赤くなって、

「いますぐお嫁にゆかないのよ、らいねん」と妹に知らせた。

「おめでとう！　お婿さま見せてよ、おねえさまのすきなゲーリー・クーパーにちっ

とも似てなけりゃだめよ」

と、麻子がぱきぱきいってのけた。蓉子は妹のことばにたじたじして、

「まあ、麻ちゃんたら、北海道へ行ったらすれっからしになってしまったのね、すごいわ」

と、あきれて眼を白黒させた。

その翌日、麻子はひとりで外出したが、かえってくるとさっそく鏡台にむかってこそこそしていた。

「麻子が鏡にむかうなんてふしぎねえ」

と蓉子が足音をしのばせて、そっとのぞくと、なんと妹はタンジーの頬紅を、しきりとあさ黒い両頬になすりつけ、おなじタンジーの棒紅をくちびるにこすりつけて、そしてコテイの褐色のパウダーをはいているのだった。

「あら！」

蓉子はとびあがるほどおどろいた。そしてそのまま、あわてて母の部屋にかけつけて、

「かあさま、たいへんよ、麻子が麻子が」

と大地震とつなみがおしよせたように、一大変化をぎょうさんにつげた。

「まあ、そうかい、でもいいでしょう。すこしはおしゃれでも、心がければ女らしくなるしね」

と、美しい子どもでないと愛さないほどのおかあさまだけあって、そのてん、なんのしんぱいもなさらなかった。

こうして麻子の旅費のあまりはおかあさまにかえされず、タンジーの紅や、コテイのパウダーの代になったのである。

この麻子のお化粧たるや、蓉子ねえさんのふき出すほど、不器用きわまるものだった。紅をつけると、まるでおさるさんみたいに頰ぺたをまるくまっかにぬり、口は人の肉でも食べたようにくちびるのそとまで、はみでるように赤くぬりたて、パウダーは眉毛まで白くぬって、メリケン粉のつぼにお鼻をつきこんだかたちだった。

「やい、チンドン屋!」おにいさんが、妹のお化粧をひひょうした。でも、麻子はへいぜんとしてこの珍化粧をまいにちたんねんにくりかえしていたが、すこしもじょうずにならず、そのうち、秋の第二学期の始業式に登校の日がきた。

のあーる・こんくーる

初秋のさわやかな陽をあびる校庭では、みんなひさしぶりで顔をあわせて、がやがや、おしゃべりの交換によねんがなかった。

めいめい持ちよりの話題はつきなかった。アイスクリームのように、早くもとけさったなごりおしき夏休みでの、海べや山での追憶やら――せっかくのお休みも病気でむなしく寝ておくったざんねんむねん物語や、特別の御親友同志のあいだでまいにちのたよりがめんどうとあって、ノート一冊にまとめて小包で送った「とってもへんね」のSものがたりのうわさやら――あいの手入りのにぎにぎしきかぎりであった。

しかし、そのなかでだんぜん話題の中心で、にんきの焦点となったのは、『のあーる・こんくーる』。

『のあーる・こんくーる』とは、そもなにものぞ?

『のあーる』とはフランス語で、『黒』である。『こんくーる』とは『競技』の意である。

もう賢明な頭脳めいせきの人には、こうまで説明すれば（わたし、わかった!）である。

だれが発明したか、この新造語『のあーる・こんくーる』は、夏休みのあとの第一日にとうぜんおこなわれる見ものだった。

審査員たちが、いともしんちょうにしんさのけっか、房州の海岸で、雨がふっても、雪がふっても、矢がふっても海べへのご出勤をおこたらなかったというAさんが、みごと一等賞の月桂冠をえた。

なにしろその人は、くらい夜道を白い服着てあるいたら、手足もお顔も見えず、ただ白い服だけがひらひらうごいて、お化けとまちがえられたという人だった。

「わたし、おかあさんがあんまりやかましくいうんで、日やけどめのクリームぬっていたので、一等とりそこなったわ」

と、ざんねんがるひともいた。

そのうちにまじって、競技会の盛況を見ていた藍子はいった。

「わたし北海道へ行っていたのよ、あすこの太陽の光線よわいと見えて、ずいぶんそとに出ていたのだけど、色あげできなかったわ」

「あーら、北海道ならずいぶんすずしかったでしょう」

「そんなでもないわ、でもおもしろかったわ、麻子さんと、いっしょに行ったのよ、そして天才少女声楽家になってうたわせられたのよ」

「まあ、あの青柳さんが、えらいわねえ」

「いざとなると、あのかたずいぶんどきょうが出てよ」

と藍子が麻子の人となりをちょっとご紹介におよんだ。

「ハハアー、青柳さんなら、ふだんだって、のあーる・こんくーるに出るしかくあるわね」

と人の顔のことばかり気にしているうるさいれんちゅうが笑いあったとたん、にゅうっと麻子の顔があらわれたのである。

一同がくぜん、度をうしない、色をうしなった。そして目をぱちくりさせた。これはまた、どうとまどいして、のあーる・こんくーるを、ぶらんし（白）・こんくーる、とまちがえたのか、まっしろにぬりこくった麻子の顔を、いちどうあきれかえってながめた。

「麻子さん、どうしたの、ちょっとこっちへいらっしゃいよ」

藍子は友情をはっきりして、麻子の肩をとらえて、どんどん、その人のかこいのなかから麻子をひっぱり出した。そして人かげのない、夏じゅうむなしく花が咲いてちった花壇のほうへつれて出て、そしてハンケチを取りだし、麻子の顔を、縦横むじんにこすりまわして白いものをふきおとそうとした。

「いたいわ、そんなにこすれば……」

麻子がぷりぷりした。

「だめよ、こんなお化粧すれば、だれだって笑ってよ、どうしてあなたのおねえさまおしえてくださらないの」

「だって蓉子ねえさま、許婚ができたのよ、だからむちゅうで、なおと麻子のことなんか、かまわないのよ」

「いいわ、じゃきょううちへいらっしゃるのよ、藍子がおしえてあげるわ」

麻子は顔じゅうこすられて、はれあがったようにいたいと思った。でもおかげで、教室へはいってから、みんなにくすくす笑われずに麻子はすんだ。そして、かえりに藍子のうちへよって、お化粧法の講義と、実地練習をさずかった。藍子のおかあさまは笑って見ていらしった。

それから麻子は、そんなにお化粧もおかしくないように努力した。それはかなりの精力をついやすものらしかった。また服などもいままでよりも気をつけて、ポケットには赤いぬいなどのある、おかしなハンケチをのぞかせたり、かかとの高い靴をはいたり、額のまわりの毛をじゃかじゃかにカールし、ついでに、こめかみのあたりに、こてあとのやきめをつけたりしていた。藍子は気をもんで、

「麻子さん、いやあよ、しっかりしてよ、いつまでも、天才少女のつづきしてちゃいやだわ」

と皮肉をいったが、麻子はへいぜんと、そのへんなお化粧とおしゃれをつづけた。

おでしゃの子

その二学期に、麻子のクラスで、校友会の音楽部の委員の補欠の選挙があった。それは音楽部の委員だったひとが、おとうさまのご転任で、地方へ転校したからだった。

この春の校友会委員の総選挙のときは、藍子も音楽部の委員のひとりにえらばれ

た。しかし、麻子はまだ委員に出されるほど、クラスのひとびとに認識されなかった。それは、彼女がはにかみやで、ゆううつそうにしているので、だれも麻子を、はなやかに活躍するとはかんがえもしなかったのである。

また麻子じしんも、委員になって、学芸会のときなど、重大なる責任をもっておさきぼうに立ってめざましくはたらくなど、かんがえてもおそろしいことに思えた。

それがどうしたことぞ――その補欠選挙がおこなわれるとわかった日――麻子は校庭で藍子にちいさい声でいった。

「わたしおねがいがあるわ」

「なあに?」藍子がいうと、

「あのね、音楽部の委員選挙のとき、わたしの名、書いてちょうだいね」

麻子は、かくて自己すいせんの運動を開始したのである。藍子もいささかあきれたが――

「ええ、いいわ、わたしあなたを書くつもりでいたのよ、この一学期のときも、あなたに一票投じたんですもの」

「そう、ありがとう、じゃあ、きっとよ」

麻子はたのんだ。

「ええだいじょうぶよ、ふたりで委員になればいいんですもの――」

藍子にかくじつな一票をやくそくされて、麻子はあんしんした。

が、ほかの人はどうかわからない。

「藍子さん、みんなはわたしをえらぶかしら?」

さすがに、麻子も心ぼそかった。

「さあ、どうかわからないけど、北海道の村で、天才少女声楽家になった肩書と履歴があるんですもの、すこしはみんなだってかんがえると思うわ」

藍子がいった。

「わたしアイヌ細工のおみやげたくさん買ってきて、クラスのみなさんにさしあげればよかったなあ――」

麻子はそういって、ま顔ではんもんした。

「まあ、麻子さん、たいへんよ、投票を買収したりしたら、それこそ市会議員みたいに警察にひっぱられてよ」

藍子が麻子に忠告した。

「まさか、わたしそんなはじしらずじゃないわ、でも、わたし委員になる実力はたしかにあると思うわ」

麻子は自信がつよかった。いままで弱気でいじいじしていた少女が、にわかにつよ気に変化すると、反動的でめざましかった。

さて、補欠選挙の時間になった。それは、お昼食後の時間をりようして、教室でおこなうのだった。

選挙係の、その日の教室当番のひとが、小さい名刺形にきった紙きれを、一まいずつみんなにくばった。

「みなさん、いっさいの情実をはいして、ほんとにこの人なら、クラスの音楽部の委員として適任者だと信じうるひとの名をお書きください」

と選挙係がちゅういした。

「なかよしのSだからって、むやみと名を書いちゃだめですって」

だれかがふざけて、まぜっかえした。教室はどっと笑い声でどよめいた。

選挙係が白墨のあきばこを教壇のうえに安置し、そこへ一まいずつ投げこむのである。

――はて、だれにしようかなあ？――と鉛筆をくちびるでなめて、試験の答案書くようにくびをひねるひともいた。さっさと書いて箱へいれて、どんどん校庭へあそびに出る人もいた。ひそひそと二、三人頭をあつめてそうだんして、おなじ人の名を書こうとするひとたちもいた。

麻子は気が気でならなかった。じぶんの名を、はたしていくにん書く人があってくれるかとおもうと、胸がどきどきした。

「どうぞ、みなさま、よろしく！」

と思わずさけび出しておじぎしたいのを、麻子はがまんした。

藍子はたって、教壇の箱へ投票紙をいれにゆきながら、わざと、とおまわりして麻子の机のまえをとおって、手のひらのなかの投票紙をちらりと見せてすぎた。その紙きれには大きく『青柳麻子』と書いてあった。

「みなさん、入れおわったらすぐ当選者を発表いたしますから、なるべくお教室にのこっていてください」

とお当番の人がいったので、投票がすんでからも、たいていお机のまえにそのまま発表をまっていた。

「もうだれも入れない人はいませんか？」

お当番がおおきな声できいた。麻子ははっとした。じぶんの名を人がいくにん書くかと、そればかり気にして、まだじぶんは投票しなかったのである。

麻子は鉛筆をとると、かた手で紙きれをかくすようにして、『青柳麻子』とじぶんの名を書いた。さすがに顔がすこし赤くなったが、しかし、彼女は勇気を出して立ちあがった。

人に見えないように、その紙きれをくるくると小さく、わりばしのなかの辻占みたいにまいて、お教壇の教卓《テーブル》のうえの箱にいれた。

「では、これでぜんぶすみましたから、かずをかぞえます」

お当番のひとと、ほかに学芸部の委員が四、五人手つだって、ひとつひとつの名を呼びあげた。ノートにその名をしるし、その下に〇を票数だけつけてゆくのである。

「××さん、△△さん――」

投票紙を読みあげてゆくと、ノートに〇がついてゆく――。

「青柳さん、青柳さん」

とつづいて読みあげられはじめた。麻子は息がつまるようにおそろしかった。

やがて、黒板にけいさんされた投票数が書きだされた。青柳麻子――最高点だった。ただし次点者とわずかに一票の差というあぶないところだった。

「青柳さん、ばんざい、天才少女みとめられたわよ」

とみんなが、ひやかしはんぶんに拍手した。

「わたしのクラスの音楽隆盛のため献身的に奉仕いたします」

と麻子は立ちあがっていった。なんだか、そのたいどがむじゃきに、あんまりうれしそうなので、みんなまたもパチパチ拍手をおくった。

藍子と麻子とが肩をならべて教室を出ながら、

「麻子さん、おめでとう、ご希望がかなって――でも、わたしもし落選したら眼もあてられないと思って、すこしみなさまに運動してあげたのよ、ホホホホ」

藍子は、やはりどこか麻子より落ちついたおねえさんだった。そこへゆくと麻子は、いくらおしゃれしても、でしゃばりやさんに変化しても、ようするにまだ赤ちゃんだった。

その赤ちゃんのくせに、麻子は音楽部の委員に当選していらい、いい気になって、クラス第一のおでしゃの子になってしまった。

ろくに知りもせぬことにすぐ口を出したり、人をやっつけたり、先生たちになれなれしくふるまったり、学芸会のときに専横の行動をしたり、スターぶっていばったり——藍子をはらはらさせた。

そして、いつしかクラスの人たちは、はじめはおもしろがって麻子の変化を驚嘆してながめていたのが、あまりに麻子の思いあがったたいどにあきれて、みんないやがり、はてはクラスじゅうでのきらわれものになってしまった。

それを親身になって、いちばんしんぱいしたのが、やはり藍子だった。

「麻子さん、あなたダメよ、すこし心をいれかえないと。クラスのかたたちにひょうばんのわるいことごぞんじ?」

と忠告におよぶと、

「喬木風にあたるって、えらい人って、とかくわる口いわれるものよ」

麻子はしゃあしゃあしていた。

「北海道の村でいちど音楽会に出演したせいで、そんなになってしまえば、わたしも、うちのかあさまも責任かんじるわ」

藍子はおもわずなげいた。

「わたしがどんなになっても、藍子さんの責任だなんて、わたし、いいっこないから、しんぱいご無用、エヘン」

麻子はいばったものだった。藍子もすこしくやしくなった。

「あの音楽会のとき、あなたは唄を忘れたカナリヤになりかけたわね。あのとき、わたし同情して一生けんめいでうしろからうたってあげて助けたのおぼえていらっしゃる？　あのときのおどおどした麻子さんのほうが、わたしよっぽど好きだわ！　今のおでしゃの麻子さん大きらいよ」

とあんまり、はっきりいってしまった。

「きらわれてしあわせだわ！」

麻子もまけずににくにくしく口ばしった。藍子が顔色をかえた。

「そう、ほんとに麻子さん、そう思っていらっしゃるの？」

麻子はそうきつくいわれたとき――じぶんがわるかったと思った。すぐあやまるのがほんとうだと感じた。でもみょうにいじ強くそだってしまった彼女には、すぐ頭をさげて謝罪するのが、いまいましくてできなかった。だから、表面あくまで強くひるまないようすをしめした。

「え、ほんと」

といって、心のなかで（藍子さんホントはごめんなさい）といったのだったが——

藍子には、それはわからない。

「そう——あなた恩しらずね」

藍子があびせかけた。

「なぜ恩しらず？」

麻子はあくまでまけていなかった。

「だって、そうじゃありませんか、あなたが小学生のとき、うちの門のまえに、夏の晩しょんぼりしていたの助けてしんせつにお家へおくりとどけたの、うちのかあさまよ。それからどんなにわたしも友情をあなたにつくしたかわからないわ。それをきらわれて幸いだなんて、わたしがたいせつなお友だちと思って忠告すれば——」

藍子はこういって涙ぐんでしまった。麻子は藍子の涙をちらと見たとき、まったくじぶんが恩知らずとののしられてもしかたのないのもわかった。すぐなかなかおりしたかった。でも、彼女のいじと思いあがった自信のほこりがそれをゆるさなかった。

「うちのおかあさまが、この学校へはいったときしんぱいしたのほんとうだわ。藍子さんあなたはやっぱりおしゃべりね。わたしが小さいとき家出して、あなたのお家のご門で行きだおれになったたって学校じゅうそういうふうにきっとしゃべりちらしたのよ、きっとそうよ——いいわ、いいわ」

麻子はむかしの痛い古傷にさわられて、かんかんになっておこった。

「まあ、わたしいつそんなおしゃべりして？　いままでいちどだって、そんなことだれにも話しはしないわ、それは神さまだってごぞんじだわ。だけど、いまあんまりあなたがにくらしいから、つい、いってしまったのよ」

「いいわよ、そんなにわたしをにくむのに、友だちになっているって意味ないわ、だんぜん絶交するわ」

麻子はとうとうそういった。

「麻子さん、絶交すればあなたそんよ、わたしのかあさまに、声楽ならいにいらっしゃれないわよ」

藍子が麻子の理性をよびさまそうとしたが、だめだった。

「いいの、もう声楽なんておけいこしないでも——ほかにも先生たくさんいらっしゃるんですもの」

その麻子のにくまれ口にまったく忍耐できなくなった藍子は、

「そう、では絶交ね、さようなら！」

と、いうなり麻子のそばをはなれて走りだした。あとに、麻子はひとりしょんぼりのこった。

クラスじゅうできらわれ者になってしまった彼女が、いままた無二の親友の藍子とはなれて、まったく孤独になってしまって、いったいどうする気であろう。

だが、数秒ののち、麻子は男の子のように肩をゆすって、おおまたに校庭をひとりでゆうゆうとあるきまわるのだった。だれと絶交してもへいきなような顔つきで——でもそれはうそだった。藍子とはなれることは悲しかったのだった。でも、そうしていばって歩いて見せたかった。そうしないと涙が出そうになるから——

藍子はその日、お家へかえってからおかあさまに、きょうの麻子との絶交物語をつげた。おかあさまは微笑して聞いていらっしゃったが——

「そう、麻子さんて、いよいよおもしろい子ね。でも、藍子さんと絶交しても、わたしと絶交はまだしないでしょう。だから、えんりょなくうちへ声楽ならいにいらっしゃいって、あすおっしゃいよ——」

と、おっしゃった。

「わたし、いやよ、もうひと言でも口きかないつもり、もし、わたしのほうから口をきけば、まけたことになるんですもの、麻子さん、ますますお天狗になるばかりですわ」

と、首をふった。

「でも、藍子さんが、あの人が家出してお家の門にいたときのことなんていい出したのは、あなたが悪かったのですよ——だから、そのくらいくちをきいておあげなさい」

と、おかあさまはおさとしになったが、

「わたし、どうしてもいや！」

と藍子も強情に首をふりつづける。

「こまった人たちね、ではかあさまが麻子さんにお手紙をかきますから、それをわたすのぐらいはいいでしょう」

とおっしゃるので、

「ただだまってわたすだけならいいわ」

と藍子はいって、よくあさ、おかあさまのお手紙をもって学校にでかけた。そして、麻子の机のうえに、ぽんとその手紙を投げるようにおいた。

麻子は、藍子のおいていった手紙なんか読みたくないという顔をした。そのまま藍子の机のうえへ、ぽんとほうりかえしてこようかともおもった。

でもなにが書いてあるか――と思うとやはり読みたかった。むこうからなかなかおりするというのなら、すこしいばっておいてなかなかおりしてやってもいいわ――と。

でも、その手紙の表書をみると、たっぴつでおとなの筆だった。ひらくと、

藍子がしつれいなことを申しあげたのをおゆるしくださ い。藍子にはかまわず家へはいらっしゃいまし。わたしがピアノのまえでお待ちいたしますから。

藍子の母より

とやさしくくしるしてあった。さしも強情な麻子も、おもわず眼がしらがあつくなった。うちのかあさまよりすきな貝沼のおばさまをおもうと、藍子と絶交してそんするのはほんとうにじぶんだと感じた。

だのに、麻子は藍子が学校からかえるとき、ノートの紙きれをちぎったのに書いた手紙をおってわたした。そして、つんつんしてすぐそばをはなれて行った。

藍子がお家へかえってからおかあさまに、

「はい、麻子のやつのごへんじよ」

とさし出したその手紙には、こんな文句が書いてあった。


わたし大きくなってえらい声楽家になってからお眼にかかります。

麻子　拝

「ホホホホホ」

貝沼夫人は笑い出された。

「ねえ、おかあさま、あのひと、もしかしたら気がへんじゃないかしら?」

藍子はそうまでかんがえた。

麻子は、あいかわらず、ますますおでしゃをはっきして、その二学期のおわり近くきた。

姉さまの結婚

おねえさまの蓉子さんの結婚式は、十一月の菊の花咲くころあげられることになった。

まいにち麻子の家は、お祝い物をとどける人や、そのお嫁入りじたくで、そわそわごたごたにぎわった。

いよいよ式の日もきまったころ――麻子は学校で、藍子とぱったりおろうかで顔をあわせた。

もう絶交したつもりだから、いじにも麻子は口をきかないかくごだったし、そしらぬふりをしてツンツンして行きすぎようとすると、

「麻子さん」

と、藍子のほうでよびかけた。

呼びかけられたのに、そのまま行ってしまうのも、あんまりきつすぎるとおもって麻子は、すこぶるめいわくそうな表情をして（なにようるさいな）といわぬばかりに、

無言で立ちどまった。

「あなたのおねえさま、ご結婚なさるのね、おめでとう、ホホホホ」

藍子はどうして知ったのか、そういうのだった。

（おおきにおせわさま）麻子は、そう心でいうようにして、あごをしゃくって見せたまま、ぐんぐんあるき出した。

藍子も麻子のそのきょうこうなたいどにむっとしたのか、あきれてそのうしろすがたを見おくった。

おねえさまの結婚の式には、麻子は出席しなかった。おとうさまとおかあさまと、大きいおにいさまが兄弟をひとり代表して、式にれっしたのだった。

けれども、その夜の披露会には、麻子もおふり袖で出席させられた。

「わたし、お洋服の夜会服着て出るのよ」

と、はじめ彼女は要求したのだが、おかあさまのご意見で、高圧的におふり袖で出されることになった。

「ヤアイ、いろの黒い小さいお嫁さん」

と、つぎのおにいさまたちは、はやし立てた。

菊の花だのなんだのごっちゃに染めた華美なおふり袖は、麻子にはそう似あわなかった。それにその日は美粧院の人が、花嫁の妹にまで厚化粧をしてくれたので、麻子はじぶんでも人手で泥をこねてつくったお人形みたいな気がした。

披露会の会場は東京会館だった。麻子は自動車で小さいにいさんやお手つだいの親類のおばさんたちと出かけた。おとうさまたちは式場から、もうそこへ、花嫁花婿とともにさきにいってらっしゃるのだった。

いりぐちの奥のエレベーターで、麻子たちが階上へのぼろうとしたとき「麻子さん」と呼ぶ声がしたのできよろきょろ見まわすと、その人ごみの中に、これはなんと藍子が淡紅色のクレープデシンのはなやかな夜の服を着て、まるでフランス人形のようにおすましでたっていた。しかもそのわきに藍子の母君、すなわち貝沼夫人がこれもご洋装でにっこりしていらっしゃった。

麻子はまごまごしてまっかになった。貝沼夫人にあうのはおそろしかった。藍子と絶交をりっぱに宣言して、みょうなごへんじさしあげてしまったおぼえがあるし、なんともかんとも、ごあいさつのしようがなかったのである。

「麻子さん、おひさしぶり――きょうはおねえさまがおめでたで――お祝いもうしあげます」
夫人はお祝いをおっしゃった。「あ、あの、いいえ――」麻子はわれながらなさけない、へんちくりんなごへんじをして口ごもった。「ホホホホホ」藍子がいいきみそうにわらった。麻子はくやしかったが、そのばあいなんともいえず、さすがにちいさくなった。

麻子も藍子もみんなおなじエレベーターの箱にのった。

（うちで蓉子ねえさんと関係のない貝沼家をご招待するはずないから、きっとよその会へ出るので、偶然いっしょになったのだわ）麻子はそう思っていた。

すると麻子たちのおりるところで、藍子たちも出てあとをついてくる。（いやねえ、人のあとばっかりくっついて）麻子はそう思った。

蓉子ねえさんのお嫁入りするお家の苗字と、麻子の姓と二つならべて、両家としるしてある立札のまえへきたとき、麻子がちょっとうしろをふりかえると、なんと藍子もそのおかあさまも、へいきでそこへはいってくるのである。

（もしもし、おまちがえになってはいけません）と麻子は、おしゃまをいって、注意したかった。

そのいりぐちの金屛風のまえに、蓉子ねえさんが、高髷におふり袖で大満艦飾で、うつむきかげんにして、モーニング姿のお婿さんとならんで、はいってくるお客さまがたにおじぎしているのだった。

麻子はよっぽど、べっかっこうかなにかして、花嫁のおねえさまをおどろかしてやりかったが、ほかのお客さまがたがたくさん見ていらっしゃるので、見あわせた。

すると、そのあとから、貝沼夫人が藍子とそろって、新郎新婦の目のまえを通りつつ、夫人が、

「おめでとうぞんじます」

とおっしゃると、新郎が「ありがとう」とあたまをさげて、こんやから奥さまになる蓉子のほうにむいて、

「ぼくのお世話になった貝沼氏の未亡人です」

と小声でおしえられた。蓉子が口のうちで、なんだかあいさつしておじぎした。

麻子はその光景を見てびっくりした。(これは絶交してるのにたいへんなことになったわ)と思ってしょげてしまった。

披露宴のひらかれるまで、お客さまがたのひかえている大きな室に麻子がはいって

いると、貝沼夫人がにこにこして近づいていらして、

「麻子さん、あなたのお義兄さまは、藍子の亡くなったおとうさまと、おしたしいあいだがらだったのですよ、やっぱりあなたとわたしたちはご縁がございますのね」

とおつげになった。すると藍子がツンとして、

「でも、麻子さんと絶交してますから、ご縁はないわねえ、やっぱり」

といじわるをいって麻子に仇討ちをしたつもりらしかった。

「ホホホホ、麻子さん、藍子となぜ遊んでくださいませんの」

藍子のおかあさまにやさしく問われて、さすがに、おでしゃながらなにもいえなくなった。

「麻子さんがわるいのよ、おかあさま、北海道からかえったら、がぜん天才少女ぶって、へんなおしゃれをして、クラス一のおでしゃになって――」

と藍子がきょうはおかあさまのごいせいをかりて、おおいに麻子をいじめるつもりだった。

「藍子、いけません、だから麻子さんがおおこりになるのですよ」

おかあさまにしかられて、藍子も麻子たいじを中止した。

「ね、麻子さん、藍子の父がじぶんの息子のようにかわいがっていた青年が、あなたのお義兄さまにこんどおなりになったのですから、これをきかいに、ふたりも、もとのように仲よくしてくださいましな、あなたのおねえさまがお義兄さまとこれから仲よくなさるように、ホホホホ」

藍子のおかあさまのまえでは小さくかしこまるよりしかたがなかった。「はい……」というようにおじぎをひとつしてしまった。

やがて宴がひらかれて、みんな会場のテーブルについた。麻子は親類身内の人たちの席に、兄妹といっしょについた。ちゅうおうの席には蓉子姉妹とお義兄さまが、そのしゅういにはおとうさまやおかあさまや、そのほかだいじな目上のお客さまが席にならんだ。そのなかに貝沼夫人と藍子もついていた。

そのふたりのすがたを発見した麻子は、藍子さんのおとうさまが、お義兄さまにはきっとむかしの恩人だったのだとおもった。

ごちそうがすみかけると、テーブルスピーチがあって、だれもだれも花婿と花嫁を世界でいちばんえらい青年処女のようにきそってほめあげるのを、麻子はおかしがって聞いていた。

その宴がすむと、おねえさまとお義兄さまは新婚旅行においでになるのだった。おねえさまが花嫁すがたから旅じたくに着かえていらっしゃる控室へ、麻子はまぎれこんでいった。

おねえさまはおしたくがととのって、お義兄さまとそろってお出かけのとき、

「麻子さん、ぼくのお世話になった貝沼さんのお嬢さんが、あなたの学校のお友だちだそうですね」

とお義兄さまがおっしゃった。

「ええ」と麻子はうなずいて、「おかげできょうから絶交できなくなりましたわ」といってのけた。

なぜそんなことを麻子はだいたんに、まだおなじみのあさいお義兄さまにいったかというに、麻子はお義兄さまに、じぶんという少女を認識してもらいたいからだった。そんなときまでおでしゃをはっきりするのが、すなわち、おでしゃたるのゆえんだった。

「妹はきばつな子でこまりますのよ、ホホホホホ」

花嫁のおねえさんはきまりわるかった。

「ハハハハハ、なかなかおもしろいお嬢さんだな」

お義兄さんはお笑いになった。ともかく、おもしろいと認識されたのだから、いささか麻子のおでしゃの目的はたっせられたわけだった。

そのお義兄さんは外務省につとめていらっして、あとで外国へ赴任されるかもしれない外交官だった。藍子の亡くなったおとうさまも、もと外国の領事をつとめていらっしたかただった。

麻子は新しくできたお義兄さまのおかげで、藍子ともとどおりのお友だちの仲となり、貝沼夫人のところへも出かけて、あそびはんぶんに声楽をならった。もともと麻子にはやはり、それはたのしいことだった。

その年もくれて三学期になろうとする――

その二学期のおわりに、麻子といままでお机の右にならんでいた人が、おとうさまのご転任でとおくの地方へゆくため、転校されるので、その学期かぎりおわかれだった。

「麻子さん、とうぶんおひとりね、主のない机とならんでさびしいでしょう」

藍子がひやかした。

「いいわ、ひとりでお机ひろくつかえるから――」

麻子はつまらないことをいばっていた。

となりのひと

三学期になって麻子が登校すると、クラスに見なれぬ美しいうつくしい生徒がひとりふえていた。教室で先生がみんなにその人を紹介なすった。

「こんど××高女からご転校なすった本野佐紀子さんです。仲よくごいっしょに遊んであげてください」

と先生はおっしゃって、そのクラスへ新入の子をつれて、麻子の右手のあいているお机のまえへいらしった。

「ここが本野さんのお席です。まだこの学校にはなれていらっしゃらないから、青柳さん、よくしんせつにしてあげるのですよ」

と麻子におたのみになった。麻子はすこしかたくなって、じぶんのおとなりにきて、きょうからお机をならべる佐紀子の美しさにあっとうされたようにおじぎをした。

始業式の日はべつに授業はないから、教室の大掃除をみんなでわいわいして帰ってしまうのだった。

「麻子さん、すてきね、おひめさまみたいな人が、おとなりにいらっして、ホホホホホ、でもだめよ、あなたみたいにむこうみずに、おでしゃをすると、あの人おとなしそうだから、びっくりしてあなたにおそれをなしてきらわれてよ」

と藍子がまた忠告をはじめた。麻子はむっとした。

まえの片すみのいじけた子からいっそく飛びに、ひどくおでしゃで勝気になった麻子は、藍子からおとなびた忠告をうけると、ほこりを傷つけられたように腹をたててしまうのだった。

「いいわ、そんなよけいなしんぱいをしないでも。わたしちゃんと、あのひととクラスでいちばんの仲よしになってお眼にかけることよ」

と麻子はいいかえした。

そのよく日《じつ》、学校へ行くと、麻子はおとなりの佐紀子にできるだけしんせつにした。クラスでだれよりもこの人にちかづき、なかよくする権利を先生から公許されたようにふるまった。

まゆ毛の長いかげをおとして、夢見るようなひとみや、みずみずしい美しいくだものを、ちょっときずつけて朱をいれたようなあえかなくちびるや、ふさふさと首すじできった髪のゆれや——ほんとに美しいしっとりした花のようなおもかげのその佐紀子は、ただ一羽見しらぬ森のなかへさまよいこんだ、きれいな気よわい春の小鳥のように、おどおどしてさびしげに、麻子ひとりをたよりにしているようだった。

麻子はだいとくいで、校庭でも佐紀子をひとりでひっぱりまわして弁舌をふるった。すなわち、自分を認識させるためであった。

じぶんが北海道で天才少女にされた話——校友会音楽部の委員の補欠に、最高点でとうせんした話——（もちろんじぶんでじぶんへ一票投じた話はしなかったが——）などいろいろと物語った。よくも顔まけせずにしゃべれると思うほど——

「ほんとにおえらいのね——」

佐紀子は、従順な小羊のごとくすなおに、麻子のじまんを聞いて、やさしくうなずき、かんたんした。

麻子が佐紀子にむちゅうになって、じぶんひとりを信頼させ、大なかよしの親友に、いち早くなってしまおうと努力奮闘しているところへ、藍子がきて、

「麻子さん、わたしを紹介してちょうだい」

とたのんだ。麻子はなんだか紹介するのがいやだったが、たとえじぶんが紹介しないでも同じクラスだからいくらでも近づけるとおもうと、やっぱりここでじぶんが紹介役をつとめるほうがちょっとえらそうに見えると思ったので、すこしきどったたいどで、

「このかた、貝沼藍子さんよ」

と佐紀子にひきあわせた。

「どうぞ、よろしく」

佐紀子はおとなしくひかえめがちにほほえんであいさつした。

「わたしこそよろしく」

と藍子が彼女らしいおしゃまないいかたをしてほほえみかえした。麻子はそのせつななにか不安な感じをうけた。ふたりをうっかり近づけてはならないような気がした。藍子はなかなか社交家で人をひきつけるところがあって、佐紀子にもおとらぬ美少女で、上級生にもさわがれるしだれにでもかわいがられ、だれとでもじきお友だちになる手腕の持主だったから――

そのつぎの時間に、麻子は藍子のいないとき、そっと佐紀子にささやいた。

「藍子さんて、ああ見えてなかなかいじわるなのよ、気をおつけになるほうがいいわよ」

麻子のしっとは、こんなにもあさましく彼女をだらくさせてしまった。でも、彼女はどんな手段をこうじても、美しい佐紀子をとらえてお友だちにしてしまわなければならないと思った。せっかくとなりにならんだ幸運にたいしても、また藍子にむかってかんぜん（わたしきっと親友になって見せるわ）と公言したてまえ、その面目にかけてもそうしなければならなかった。

だから、麻子は佐紀子にゆだんせずにつきまとっていた。それはしつこいほど、佐紀子もまたあくまでおとなしく麻子のいうなりになっていた。それで麻子のきょうれつな独占欲はまんぞくした。藍子は麻子のこのようすを見ると、りこうな彼女は、麻子の心中のすべてをさっしてしまったらしく、あえて彼女に近づこうとはしなかった。

それから一週間もたった日曜のことであった。麻子はお義兄さまとおねえさまにさそわれて、帝劇に映画を見につれてゆかれた。お義兄さまは、きばつな子だという評判の奥さまの妹にしんせつだった。

一つの映画がおわって、場内がぱっと明かるくなったとき、お義兄さまはいすを立ちあがって「ぼく、ちょっとたばこをのんできます」と廊下へ出てゆかれると、おねえさまもすぐそのあとを追って立っていらしった。たぶん、たばこをのむまもはなれているのが、いやだったのかもしれない。おかげで麻子はひとりぽつねんといすにとりのこされた。つまらないので、きょろきょろあちらこちらをながめていると、じぶんたちの列から二列ほどまえの席に、麻子とおなじ学校の制服をきた少女がふたり、とまり木に翼をすりよせた二羽の紅雀のように、頰さしよせて仲むつまじくお話をしている二つのうしろすがたを発見した。(学校のひとがきているわ)とはじめはのんきに思っていたが、そのあいよる二つの横顔を見たとき、麻子はどきんとした。それは、まごうかたなき藍子と佐紀子のふたりであった。

(まあ、人を出しぬいて――いつのまにふたりはあんなに仲よくなったのかしら、藍子さんずるいわ、ずるいわ)麻子は心のなかでさけんでからだをおののかせるばかりだった。じぶんのほこりはもうめちゃめちゃになってしまったような気がした。麻子はいちずに藍子をうらんでにくらしがった。

麻子がそんなにいかっていると知るや知らずや、藍子と佐紀子はなにがおかしいのか、ふたりで笑いあっては、ときどきうしろをふりむくように思えた。(麻子さんがうしろにきて、ひとりぼっちでしょんぼりしているわよ、いいきみね) とふたりでじぶんをあざけっているような気さえしてくるのだった。

そう思うと、麻子はじぶんのほうから藍子たちの前にいって、なにかひとことといってやるほうが、まだしも威勢のいいような気がした。そう決心して立ちあがろうとしたとき、つぎの映画のはじまるベルがなった。つぎの映画は喜劇もので、お義兄さまもおねえさまもおかしがって大わらいをしているそばで、麻子はわらうどころのさわぎではなかった。麻子ひとりがみんなにばかにされて笑われているようにさえ思われた。藍子と佐紀子がおもしろがって、なかよく笑い声をあわせたり肩をすりよせたり……と思うと、麻子はいらいらして、くやしくて涙が出そうになった。

その映画がおわると番組はおしまいだった。ぞろぞろ人はかえりかけた。

「麻子ちゃん、まえのほう見そこなったの見てかえる?」

おねえさまが聞いたが、麻子はふんぜんとしたように、

「いいの、わたし帰るの」

といって席をたった。そして帝劇を出たしょうめんで、お義兄さまが円タクをひろっ

ていらっしゃるとき、そのうしろに立っている麻子のまえを、まもなくつづいて出てきたらしい藍子と佐紀子が手をとりあってとおりすぎようとしたとき、麻子とばったり顔があった。

「あら、あなたもいらしってたの」

藍子はへいぜんとれいの社交術をはっきして、にっこりとあざやかに笑ってみせた。麻子は、だが、にこりともできなかった。ふたつの黒いきつい眼から二本の矢がきゅーっと射られて、藍子と佐紀子の心臓をつらぬきさすようににらんだ。気のよい佐紀子は、いま麻子ににらみつけられて、耳の根まで赤くなって、おそれるように藍子のうしろに身をかくすようにした。そのとき、お義兄さまが「さあ麻ちゃん、お乗りなさい」とふりかえったが、そこに立った藍子たちをみつけると、

「やあ、藍子さんですか、ごぶさたしてます。おかあさま、おかわりありませんか、これから、まっすぐお家へかえるの？　いっしょにのっていらっしゃい」

とおすすめになった。お義兄さま夫婦の新居は、藍子の家とおなじ方角だったので

——すると藍子はにっこりして、

「どうもありがとう、でも、これからふたりで銀座へお買物しにまわりますの、です

から――」

とおじぎをすると、佐紀子をつれてさっさといってしまった。それは麻子へまるで示威運動しているように思えた。

自動車へのってからおねえさまが、

「貝沼さんのお嬢さんと、あのお友だちのかた、ふたりともきれいなお子さんねえ」

となにげなくいったことばも、麻子はくやしかった。（え、わたしはきたない子よ）とらんぼうにどなりたいような気がした。でもお義兄さまに、いくらなんでも、あまりきばつすぎる子だと思われるだろうと思って、がまんをしているのだった。

そのよく日、月曜日に、麻子は学校で藍子にあうと、きつい口調でせめるようにいった。

「ずいぶん、あなたひきょうなかたね。佐紀子さんと仲よくなさるなら、どうどうとなされぱいいわ、なにもわたしにかくして、かげでこそこそやったり、ないしょで映画へ行ったりするなんて、見さげはてたかたね」

と勢いたけだけしくまくしたてた。しかし、藍子はれいぜんとしていた。

「あなたこそ見さげはてたかたじゃないの、佐紀子さんにわたしを紹介しておきながら、すぐそのあとでわたしのわる口をおっしゃったりして。そんなあさましいことをなさるから、佐紀子さんがかえってわたしに近づいていらっしたまでよ。わたしの知ったことじゃなくってよ。だからわたしはじめに申しあげたでしょう。あのかたにきらわれないようになさいって」

藍子もまけていなかった。理路せいぜんと麻子をやっつけた。そうなると麻子は一言もなかった。でも、じぶんが悪かったと思うよりも、ただ藍子がうらめしくにくらしかった。

「わたし、こんどこそ永久に絶交よ、お義兄さまの知ってるかただってかまわないわ」

となげつけるようにいうと、藍子にくるりと背をむけて走り出した。

教室で佐紀子とならんだとき、佐紀子はきのうのことが気がかりらしく、しきりにきまり悪そうにしていた。

「佐紀子さん、あなたこれから藍子さんと仲よくなさるなら、わたしあなたともだんぜん口をきかないわ」

とよわよわしい佐紀子を、おびやかすようなたいどで高圧的に出た。そんな麻子のはげしい気性のまえには、うち気な美しいかぼそい佐紀子は、鷹のまえの小鳩のようにあっとうされた。それに、となりにならんでいる麻子に、これからずっと無言のぎょうをされたり、いじわるをされたりするのはかんがえてもつらかった。

「麻子さん、そんなことおっしゃらないで、三人で仲よくしましょうよ。ねえ、貝沼さん、あなたとは、ほんとはご親友なのでしょう、だから仲よくなすってよ。わたし、わたし、こまるんですもの」

佐紀子はおどおどと麻子に哀願した。

「わたし、いや！」

麻子ははげしくつよくさえぎって首をふった。おおきく眼をみはって、その眼にいっぱいににじんだ涙をあふれさせまいとするかのように――。佐紀子もとほうにくれたように気よわくうなだれた。

匿名の手紙

麻子は、藍子とふたたび絶交じょうたいにおちいり、貝沼夫人のところへ行かなくなったまま三学期はおわった。そして、やがて三年級の新学期がはじまるのである。学級がかわれば、また教室もお席の順序もとりかえられるのである。佐紀子と並ばなくなれば、麻子はとても佐紀子をいつまでもじぶんにひきつけておく自信などはなかった。麻子は春の休暇中、そのことをかんがえていた。そしてとうとうある決心をして、ひとつの手紙を書きあげた。わざと片仮名にして、受持の、そのまま持ちあがりの先生にあてて、

先生、三年ニナリマシテモ、ドウゾオ席順ヲイマノママニシテオイテクダサイマセ、セッカクナレ親シンダヨイオ友ダチトハナレバナレニナルノハ考エテモ悲シュウゴザイマス。コンナコト、オロカシイ感傷トオ思イニナルデゴザイマショウカ、デモ、ドウゾ、ワタシタチノ気持ヲゴリカイクダサイマス先生、クラスノ平和ノタメニモコノコトヲオキキ入レクダサイマセ。

じぶんの名は書かずに、ふうとうに入れると、そっとないしょでそれを持って家を出た。かどのポストのまえへ行くと、麻子は悪いことをするようにくるしかった。思

いきってポストの口におし入れると、なかはちょうどからだったとみえ、パタンとしたに落ちる音がした。その音を聞くと麻子はきゅうにうろたえた。むちゅうで引きかえして、裏木戸のところまで帰って気がつくと、麻子はじぶんがだれかのお台所のげたをつっかけているのに気がついた。

感傷の子

麻子には、みじかい春の休暇がずいぶん長く思われるほど——息をつめて、新しい学年のはじまるのをおそろしいように待ちうけていた。

それは、進級したよろこびではなく、もっとちがった感じ——あの秘密のとく名のお手紙を、受持の先生におくった効果がいかにと、待ちうけるひとつの冒険への胸のおどる思いだったのである。

あんなに用心し注意にちゅういして、わざとだれの筆せきかわからぬように片仮名で、キチンキチンとまるで印刷の活字のようにポツリポツリはなしてうまく書いたんだもの、だいじょうぶわかりっこはないわ――そうかんがえはしたが、でもどんなことでよくしらべられたうえで、わたしだと、もしわかってしまったらと、しんぱいにもなった。

　けれども、とうとうだれともわからず、教室のお席のじゅんも、先生が同情して、まえどおりだったら――すてきだな、そう虫のいいことをかんがえたりした。

　でもよくかんがえれば、どうもそれはのぞみのないことのように悲観された。

　一年のうちにさえ、学期ごとにお席のじゅんのかわることのあるならわしだのに、まして進級してとうぜん教室がかわるのに、お机にならぶじゅんがそのままだとは、けっして思えなかった。そして、ただ麻子が、あんなとく名のお手紙を先生にお送りしたことだけが、生徒としてあるまじきこととして問題になるかもしれない――そうおもうと、麻子はやがて眼のまえにせまった、新学年の始業の日がおそろしくもなってしまった。

　そのおそろしさのせいであろうか、麻子は早春の一夜はげしい高い熱を出してくるしんだ。子どものころから、そんなにひどい病気をしたことのない彼女に、それははじめての大病といってよかった。

あすの朝になっても熱のひかない麻子は、おふとんのなかにだまりこくっていた。一家のひとびとの愛情と注意を、すこしもほかのはらからよりも受けないと思いつめている彼女のまくらもとに、おとうさんもおかあさんも、にいさんがたものぞきにくるのだった。

「いまごろかぜをひくなんて、不注意だからよ」

おかあさんはこまった顔で、おこごとをおっしゃった。

(ほんとは、あんなわるいお手紙書いたばつなのよ)麻子は心のなかでそうおもった。

やがてお医者さんがいらっした。そして、ふつうよりすこし時間をかけて、この病人の少女を診察された。

そのお医者さんのさしずで、氷枕が麻子の髪のしたにはいったりした。

そのよく日も高い熱はさがらず、麻子は葉かげにしぼんだ野の花のようにだまりこくっていた。

「これは、お医者さまがいいっておゆるしになったのだからおあがりなさい」

おかあさまが、スープやほうれん草のやわらかく煮たのと、おかゆを持っていらっしても、麻子はまるでおしのように、ただ首をふるだけだった。

「病気しても、ふだんの麻子のはんぶんぐらいおてんばだと、えらいんだがなア」

にいさんたちがおだててもだめだった。

そして二、三日ののち、お医者さまは麻子の病気が急性肺炎になったことを、おうちの人におつげになった。

その日は新学年さいしょの登校の日だった。でも、そんな病名をつけられたかわいそうな麻子は、それどころではなかった。学校へ行くかわりに、病院に入院しなければならなかった。

病院のベッドに麻子がうつされて、くるしいのをじっと強情にがまんして、おしだまっているとき、お嫁にいらっした蓉子ねえさまが、おどろいたふうでかけつけてこられた。

「麻ちゃん、早くなおってね」

おねえさまはいつになく、ちいさい妹の手をひしとセンチメンタルににぎりしめたりなすった。

「わたし死ぬかもしれないの」

麻子はあまりくるしいので（苦しい）とすなおにうったえあまえるかわりに、そんないけないことばで表現するのだった。

「いやよ、そんなこというもんじゃないわ、もし麻ちゃんがそんなになったら、みんな泣いてしまうわ、きっとなおすのよ、なおすのよ」

蓉子ねえさまは、えんぎでもないと顔色をかえてあわててしまった。

「ほんとに泣くかしら？」

これがそのときの病人のへんじだった。

蓉子ねえさんははっとした。そして妹がいままで、すこしもじぶんたちの肉親の愛情を信じていなかったのだと気がついて、吐息をした。

「麻ちゃん、そんないじわるを、いまいうのひどいわ、ごらんなさい、あなたが病気なので、おかあさんもみんなみんな、こんなにしんぱいしてしんせつにかんごしてくださるじゃないの」

ねえさんは泣きそうになって妹をといた。

「病気のときばっかりさわいでも、麻子うれしくないや」

そういって病人の少女は、白い眼で人をにらむようにしてまたおしのようになった。蓉子ねえさんは涙ぐんだ。

そして、おかあさまに、病人の妹のいった、いじの強い言葉をいいつけずにはおけなかった。

「病気のときだから、かんがたかぶっているのよ、さわらずにそっとしておきなさいよ」

こう、おかあさまはおっしゃったけれども、心のなかでは、いままで家庭内のいそがしさや兄妹のおおいために、つい気がつかずにすぎた麻子の心理が、はじめて、その子のあぶない病気のときになって知らされたので、そんなふうではこまったものだと、考えずにはいられなかったらしい。

麻子は、かなりひどい病人になって、二週間も病院のベッドにくるしんだ。でもさいわいに、それはあぶない峠をこして、やがて回復期にむかうことになった。

「ほんとにおたくのお嬢さまには感心いたしました。こんなに忍耐づよく病気とたたかって、医者のいいつけをよくまもられる少女は、ちょっとそうはおられませんな」

お医者さまは麻子をたいへんおほめになった。麻子はたしかに、賞讃されてもいい、にんたいづよい病人の優等生だった。だが、それは彼女が心がけがいいからというよりは――むしろ、彼女が、日ごろ家庭内であまったれでないからだった。もし彼女が、おかあさんやおねえさんやみんなに、あまったれて鼻をならしてわがままをとおしてもらえる自信と習慣があったとしたら、とても麻子はお医者さまのいいつけどおり、寝てじっとこらえる子でなく、まいにち、やれ苦しい、それいたい、なにが食べたい、なにをどうしたいと、さんざんわがままをいい、だだをこねて、みんなをこまらせたかもしれなかったから。

おかあさまも、麻子がおとなしい病人となって、お医者さまにほめられるほどの忍耐家で、おぎょうぎのいいのをこんどごらんになって、この女の子に、なかなかなみすぐれた善い気質があるのを発見したような気さえされた。

回復期の麻子には、淡白な白いお魚のお刺身などがゆるされた。おかあさまがそれをおすすめになると、麻子はこんどはすなおにうれしそうに箸をとったりした。

「わたし孤児《みなしご》だったら、いまごろどうしたでしょう……」

麻子はそういうと、ぽろんぽろん涙をこぼすのである。

「まあ、なにをいうの、ホホホホホ」

おかあさまはお笑いになりながらも、今までどんなにしかられても、にくらしいほど、ついぞ涙ひとしずくこぼしたことのない、いじづよいその子が、そんなうらがなしげなことを、いきなりいい出して泣くのにびっくりしておしまいになった。

（病気がこの子をやさしくしたのだ）

とおかあさまは、でも安心なすった。そして、これからも病気中とかわらず気をつけてやらなければ、とおかんがえになった。

そのとおり――麻子はたしかにおもい病気後の心の変化があったのはほんとうだった。北海道で思いがけぬおかしな小さい音楽会に出て、天才少女とビラに書かれれば、たちまち天才少女ぜんとして、帰京後、あれほどクラスじゅう一のおでしゃの子になった麻子だから、くるしい病気を経過したのち、またなにか心に変化がしょうじたのはとうぜんであったろう。

そして、その変化はどんなふうなものであったか？

ある日、その枕もとに美しいばらの花がとどけられた。贈り主は、藍子と佐紀子の両名からだった。

麻子はその花を見ると、もういくじなく、またもやぽろんぽろんと涙をこぼしてしまった。

そして、すこしくらい本を読んだり、ペンを使ってもいいとゆるされた日、彼女はこんなお礼状を藍子と佐紀子におくった。

病む子はかえらぬ日の罪に悔いて、病院の真白きベッドにもだえて、日ごと夜ごとに涙するを知りたもうや。君たちがおくりたまいし花うばらの匂いに、悲しき子はただ涙もて、感謝のことばをつづり、書く文字さえも打ちふるう思いなるをゆるさせたまえ、うるわしの君よ。

麻子はまた熱の出るほどかんがえて、いくまいも用箋を書きそんじて、書きあげてつかれたほどだった。

藍子の失望

「佐紀子さん、麻子さんって、いったいどうしたんでしょう、こんなお手紙かいてくださるのよ」

藍子はじぶんの家あてにとどいた佐紀子とふたりへの手紙をもって学校へくると、さっそく佐紀子にしめした。

「まあ、かえらぬ日の罪ですって――なんでしょう、あなたのわる口をすこしおっしゃったことでしょうかしら？」

佐紀子は『かえらぬ日の罪』などという古風にぎょうさんな表現に、びっくりしてしまった。

「日ごと夜ごとに涙する、ですって――麻子さんこんな弱虫じゃなかったのに、いやアねえ」

藍子はあきれた顔をした。現実主義者で明かるい気質のおとなびた彼女にとっては、麻子が病床で書いたせっかくの名文（？）も、むしろへんにくすぐったいいやアなものらしかった。

「だいいち麻子さんって、こんな手紙けっして書く人じゃなかったんですもの。いつか、わたしとさいしょの絶交を開始したときなんて、わたしのおかあさまが仲よくするようにお手紙あげたごへんじに、とてもひどいけんまくの文句を、きびきびとお書きになったのよ。それがどうでしょう、『花うばらの匂いに悲しき子は涙もて』ですって、へんね、涙って字がヒイフウミイ、ホホホホホ」

藍子は笑いだしてしまった。

「ご病気のあとはだれでもこんなになるんでしょう、藍子さん、笑ったりしてわるいわ」

佐紀子は手紙のなみだおおき主に、やはり同情せずにはいられなかった。

「だってわたしもうせんから、あのかたよく知ってるんですもの、ほんとは、わたし麻子さんとても好きなのよ、でも、わたしの好きなのはこんなセンチな麻子さんじゃなくって、いじの強い、がむしゃらのところにとても魅きつけられて、なんどけんかして絶交を宣言されても、わたしやっぱりあの人にしんせつにしたくなったのよ――だけど、こんな弱虫の泣いてばかりいる麻子さんなんて、わたし魅力を感じないわ」

おませな藍子は、その手紙にあらわれた麻子の変化について失望してしまった。

いままで麻子をもっとも親しい友だちとしていたかったのは、じっさい彼女がいったように、麻子がふつうの少女とちがった強いがむしゃらやさんだったからだ。

だのに、病気してからの麻子が、とけかかったチョコレートのように、べたべたしたセンチメンタルのおばけにかわってしまったかとおもうと、藍子はがっかりして、麻子の大病をのろわずにはいられなかった。

やがて、麻子は病い癒えて登校した。すこしあおざめて、あのきつく自信にみちて光っていた瞳が、力なくよわよわしかった。

教室のお席はやっぱりかわっていた。でも、麻子は、かえってそのことでひとつの冒険のお手紙を先生におくったのをわすれたように、彼女のあたらしいおせきについた。

クラスの人たちは、あのゆうめいな出すぎの麻子さんが、いま病後、小羊のごとくおとなしくなってあらわれたのに、あっけにとられ、きみわるがるほどだった。

おともだちにおみまいをいわれると、麻子はほそぼそしたみょうにあわれっぽい声で、病気のくるしかったこと、なさけなかったことをつげて、むりにも同情とあわれみをこうようだった。

(もうむかしの麻子さんではないわ)

藍子はそのようすを見て悲しくさびしくおもった。まえの麻子がきつくてよくけんかしたこと、そのもっとまえの麻子が、さびしいだんまりやで、人の愛情に敏感でいじらしかったことを思い出して、その二つの麻子のほうが好きだったと思った。

いまの麻子はまるでこじきのように、むやみと人にあわれみをうったえて、同情してもらいたがるのがいやだった。

藍子がそんな気持でいるともしらず、麻子は藍子と佐紀子のふたりの仲にはいって、れいのとおりあわれみをこうように語るのだった。

病気のこと、ふたりのことを思って泣いたこと、病後にいっていた海べの浜のまたさびしくて泣きたくなったこと、夕暮れになると砂丘に月見草がぽっかり咲くともう涙が出たこと、朝はかもめが飛んで波の音がすると胸がせまったこと——どれもこれもおあつらえむきの感傷的な話をひっきりなしにするのだった。

感傷の心も、ときとしてほのかにしめせば、それは服の襟にさした小さい花のようにうつくしく、におやかに、その人を引きたてるものだったけれども、麻子のようにからだぜんたい造花でかざりたてたのでは、やすっぽくておかしかった。

藍子はなにかそれについて忠告しようかと思ったが、これが、いぜんのように、佐紀子をじぶんで独占しようとねがってきついたいどに出る麻子だったら、藍子もなにかあらそってでも忠告できたが、いまのようになっては、そんな涙もろい小羊をうっかりむちうって泣き出されたらこまると思って、忠告をいい出すことさえできなかった。

すっかりいくじなしになった麻子は、一学期をたくさん休んだせいもあるが、いままでよりおとった成績でその新学期をおわった。

藍子は佐紀子とも麻子とも形のうえでは仲よしになっていたけれど、すこしこのごろの麻子をけいべつしてしまったようで「お家へいらっしゃいよ」とまえのようにすすめたりしなかった。

そして、夏休みがきた。麻子はこの春の病気のあとゆえ、どこかに家じゅうで避暑して、そこへつれて行かれるのだった。

そのころ、アメリカのあの麻子の生まれたときからとくべつにかわいがってくだすったおばさまがひさしぶりで、その子のマリ子ちゃんをおつれになって、日本へちょっとおかえりになって秋までごたいざいだとのお知らせがきた。麻子が小学生のころ生まれたマリ子ちゃんはもう五つになっていた。麻子はあのころこの従姉妹のマリ子にも、おばさまの愛をうばわれたようにおもって、はるばる遠いアメリカまで、やきもちを感じたことがあるが、いまはさすがにそうではなかった。いますでに、やきもちをやく力もないほど、麻子はへんに気よわい意力のない少女にかわったのである。

叔母さまの願い

横浜の波止場――それはおばさまがご結婚後、おじさまとアメリカへご出発のとき、麻子も家の人たちとお送りした思い出の海だった。港だった。

お船の甲板で、とくべつに麻子だけがおばさまといっしょにとった写真は、いまもなお麻子の手箱のなかにおさめてあるはずだった。

七月の波、さみどりにすむころ、そのエメラルドの海を、大きなお船がいちもんじに波をきって港へ――いまおばさまは、マリ子ちゃんとなつかしい日本の空を見て心をおどらせていらっしゃるのである。マリ子ちゃんにはまだ見ぬ母国への初のほうもんだった。

そして、お船はいよいよ港にはいり、波止場にいそいそとマリ子ちゃんとおり立っていらっしたおばさまは、六年まえとかわらぬようにわかわかしく美しかった。そして、お洋服の着こなしがとてもお上手でりっぱだった。

「麻子ちゃん！」

おばさまは出迎えの人にごあいさつをなさりつつ、やはりまっさきに姪のひとりの麻子の名をお呼びになった。

麻子は、もう、またもいくじなく涙がわき出すのだった。でも、ひさしぶりでじぶんの帰ったのを出迎えて感激の涙だとお思いになったおばさまは、ふしぎにはお思いにならなかった。

だが——麻子のおうちへいらして、しばらくその家に起き伏しなすっていられるうちに、わかれたときの小さい麻子が、いまこんなあわれっぽい子になったのに気がつかれた。それは悪くいじけるのと同じように悪いことだと思われた。

ある日、おばさまは、蓉子ねえさんにそっとおたずねになった。

「麻子さんが、どんな女の子になったか、いろいろそうぞうして帰ったら、あの子ずいぶん泣き虫でめそめそしているのね、どうしたの？」

「ええそうなの、麻子はすこしまえはとても気のつよいおでしゃで、わたしたちあきれていましたのよ、そしたら、この春おもい病気したときも、はじめはとてもわたしたちにも冷静でにくまれ口きいて、くるしくてもだまっててお医者さまにほめられたくらいでしょう、それが病気のあとは、またばかにメソ子になっておかしいくらい

――へんね」

奥さまになった蓉子ねえさまは、お実家《さと》の妹について、おばさまにざっとほうこくした。

「いじけるのもいけないけれど、メソ子もこまりますね、そしてあいだではおでしゃいいになって、麻子はほんとうはりこうな女の子だとおもうの、わたし生まれた時からのごひいきですもの、ホホホホホ」

「麻子ったら、まるであじさいみたいにかわる子で、どれがほんとか、わたしわかりませんわ」

姉の蓉子も、妹のせいしつは不可解ななぞだった。

でも、麻子の小さいころからよく理解し、愛していらっしたおばさまには、麻子がそんなにかわるたいどになる原因がほぼわかっていらっした。

それは、麻子がつねに人にもとめてばかりいるからだと思った。さいしょは、家庭内の愛情を一身にあつめたくて、またおかあさまの不注意からも、そういう性質をさらに強めたのだし、それからとちゅうで、ふとした動機で、じぶんをひとびとにえらいものと認識されるのをもとめる出しゃばりになり、つぎに病気でくるしみ、家の人から同情され、たいせつにあつかわれたら、こんどはじぶんをいつも病人のような弱者の位置において、人からあわれまれ、いたわられるのをもとめてやまぬ子になってしまったのだ。——

そう、おばさまは姪の麻子がごじぶんのるすのあいだの変化と成長とについて、かしこく想像とはんだんをくだされた。

それにしても、いまのようなメソ子で麻子がいることは、けっしてほめたことでない、どうかして、麻子がそのよい性質をはっきりさせるように、もういちどかわってくれるように——おばさまは愛する姪のためにねがわれるのだったが、ただいって聞かしたのでは、そう人の性格がまたも一変するようなことはないとかんがえられると、秋にはもうまたアメリカへお帰りになるわずかなあいだで、麻子をどうすることもできぬのを知って、おばさまもすこしセンチメンタルになってしまわれた。

アメリカの、かいかつなピチピチとした若鮎のようにいきいきした女学生をごらんになった眼で、めそめそしている麻子を見られると、まるで小さくしぼみかけた花のようでさびしかった。

でも、麻子のほうからいえば、おばさまはわたしが子どものころはもっとやさしくいたわって、わたしに同情してくだすったのに、ひさしぶりであうと、みょうによそよそしく、わたしをおとなあつかいにして見て——とこれがまたむやみと同情をもとめてやまぬこのごろのならいで不平だった。

おばさまは日本へかえられてから、日本とくゆうの温泉にひたって、ひさしぶりで日本の温泉のきぶんをあじわいたいとのぞまれたので、麻子のおうちでは、お客さまのおばさま母子《おやこ》を中心にして、信州のある山おくの温泉へ行くことになって出立した。

温泉《いでゆ》の宿

麻子やおかあさまが、おばさまマリ子ちゃんと出かけた信州の温泉宿は、ひろいご縁に籐いすがおいてあるいがい、畳と床の間のおざしきだった。

「ながくアメリカにいた人たちには、これでは不自由でしょうねえ」

おかあさまはしんぱいなすったけれども、

「いいえ、あおい畳や床の間がなつかしくておもしろいんですもの」

おばさまはそうおっしゃったが、アメリカで生まれたマリ子ちゃんは、どうもきちんとすわることには大よわりらしかった。

それで、お食事もお縁の籐いすのまえのテーブルでいただくことにした。

おばさまとおかあさまが、ひさしぶりでおあいになったので、いろいろまいにち、つきぬお話をしていらっしゃるあいだ、マリ子ちゃんと麻子は子どもどうしであそばねばならなかった。

その温泉の村には信州でゆうめいな——藤村詩集でおぼえられている千曲川がながれていた。朝はやくマリ子ちゃんをつれて麻子がさんぽにでると、川のむこうに緑の山々が青くくっきりと見えて、山のいただきは朝もやにかすんで、絵に描いた山水のようだった。

夕方もそこへ出てゆくと、河原にいっぱい月見草が、黄色いろうそくをたくさんとぼしたようにさいていた。

おかあさまたちは、いつでもはいれる温泉の浴室へひたるのがおたのしみらしかったが、麻子とマリ子ちゃんはおとなのようにそれも楽しみでなく、すぐにあきてしまった。

麻子は温泉地の風景絵はがきで、学校の先生や、海へいっているおにいさまや、あつい東京の女中ひとりのおうちで、いそがしいおつとめさきが休めずにいらっしゃるおとうさまへ——そして、藍子、佐紀子に暑中おみまいやら旅のおたよりを書くのだった。麻子はたいくつをまぎらすために、そのひとつひとつにてきとうな文句をかんがえて、ていねいに書いた。

アメリカ生まれだけに、なかなかおしゃまなマリ子ちゃんをあいての毎日も、つづくと麻子はまるで幼稚園の保母のような気がして、じぶんと同じ年ごろの遊び友だちがなつかしくなった。

だから、麻子は藍子と佐紀子へは、とくべつに人なつこい感傷的なことばを書いておくったのである。

しばらくすると、その藍子から手紙がとどいた。

麻子さん、あなたのおてがみを読んでいるうちに、千曲川の月見草が見たくてしかたがなくなりました。ことしはおかあさまが、お実家《さと》のおばあさまのために東京をはなれられないのでつまりません。軽井沢の佐紀子さんが別荘へ遊びにいらっしゃいとおっしゃるのですけれど、おかあさまはあんまり乗気になってくださいません。で、わたしかんがえましたの、もしか、あなたがよんでくだされば、きっとうちのおかあさましょうちなさるだろうと。そして、わたし佐紀子さんもさそってうかがいたいわ。軽井沢からはそこまで一時間半くらいですもの。わたしちゃんと旅行案内しらべたんですのよ。いかが？　ただあなたのおかあさまが、わたしのことあんまりえんりょなしだとおおもいになるかとしんぱいですのよ。

この手紙は、麻子にはほんとにおもいがけないものだった。藍子が人なつかしげに遊びにきたいというし、佐紀子もさそってこようという。麻子は山と川と野原のなかのような温泉宿へきて、マリ子ちゃんのおもりだけして少しまいっていたときだったから、これはとてもすてきないい計画だと思った。そしてすぐおかあさまに藍子の手紙をごひろうにおよんで、胸をわくわくさせて、おかあさまがどうおっしゃるかと待った。

「そうねえ、貝沼さんにはきょねんの夏は北海道で麻子がすっかりお世話になったんだから、藍子さんがことしどこへも行けないんならよんであげたいけどね」

「おかあさま、ほんとうに、ほんとにきょねんお世話になったんですもの、あ、うれしいな！」

「けれどね、麻ちゃん、せっかくおばさまがおつかれ休めにひさしぶりにしずかにしていらっしゃるところを、そんなにおおぜいのおてんばさんたちがそばでさわいでは、身にも薬にもなりませんからね」

　おかあさまはこまったように眉をおひそめになった。

「だってえ、おかあさま、藍子さんはそんなにおてんばじゃないわ、どっちかといえばおとなしいのよ。佐紀子さんてかたは、とってもやさしい、お嬢さんらしい人なのですもの、それに佐紀子さんはきっとそんなに長くいらっしゃりはしないわ、一日か二日よ、わたし呼んであげたいわ、おかあさま」

　麻子はいつもににずねっしんにたのんだ。そこへおばさまがマリ子ちゃんと、夕方のおさんぽから帰っていらっしった。

「どうしたの、麻子さん？」

「どうしたの、麻ちゃん？」

　マリ子ちゃんが、ママのまねをして麻子の肩に手をかけて、いちにんまえの従姉妹らしく顔をのぞきこんだ。

「いいえねえ、麻子の友だちがあそびにきたいというんですよ……」

おかあさまはてみじかに藍子たちの話をなすった。麻子のしんぱいそうに見まもっている顔をかえりみながら、おばさまはやさしく笑って、

「いいじゃございませんの、おねえさま、わたしは子どもたちと遊ぶのはだいすきですわ、それにもう十五ぐらいのお嬢さんたちなら、べつにしんぱいありませんもの、麻子さんばかりでなくマリ子だっておおよろこびですわ、きっと。おねえさま、二、三日うちに東京へいちどお帰りになるっておっしゃいましたわね、そのおるすにご招待してあげましょうよ」

麻子はよくマリ子がするようにおばさまの首にかじりついて、二つも三つもお顔じゅうに接吻したいようだった。でも、そんなこと思うだけでとてもできなかった。そのかわり、(いいおばさま、いいおばさま)と心のなかで歌みたいにうたって、うちょうてんになった。

正式にはおかあさまがご帰京のうえ、貝沼夫人に話してくださるはずだったが、麻子はこうふんしてすぐ手紙を書いた。そのおかげで、いつもの感傷的な作文ではなかっ

たが――

わたしうれしくて、うれしくて。わたしもマリ子もとても楽しみにしてお待ちしております。マリ子っていうのはわたしのちいさい従妹です。このあいだニューヨークから帰ったばかりで、秋にはまたむこうへ帰るはずですの、わたしが藍子さんたちのお話をしてやりましたら、「マリ子もすぐアサ子ちゃんのフレンドと仲よしになる」ってあなたがたを子どもあつかいにして待ちかねています。彼女はちいさいながら、アメリカ生まれの人見知りをしない社交家です。そして身びいきをするようですが、西洋人形ににています。でも、ほんとうの人形ではありませんからごはんを食べたり、わがままをいったり、歌をうたったりたいへんせわがやけます。ほんとうのところ、わたしすこしおもりにあきかけていたところなので、あなたがたのいらっしってくださるのが二重にうれしいのです。たぶんあさって、うちのおかあさまがしばらく帰京しますので、そのときあなたのおかあさまにおめにかかって、いらっしてくださるようにおねがいするはずです。ですから、そのおつもりでおしたくなすってね、おばさまからもよろしくって。佐紀子さんにもわたし手紙を書きますけれど、あなたからもそうおっしゃって、ぜひおふたりでいらっしてちょうだい、おまちしてます。

到着

藍子たちがくるはずの日は、朝から麻子はそわそわしていた。時間は電報で知らせるはずのがなかなかその電報がこなかった。朝の七時か八時に発てば、一時ごろには着くわけだった。マリ子もいっしょにおちつかなそうに、宿のおざぶとんのうえにすわってもじもじしていた。

おひるちょっとまえお帳場から、「軽井沢からお電話でございます」ととりついできた。麻子が出ると、佐紀子のおかあさまからだった。ていねいなおとなの女のかたのごあいさつが、麻子をまごつかせた。

「あの、あのわたし、麻子でございます、え、いいえ、あのいまおばさまが出ますから」

麻子はかけつけない電話と、にがての女のおとなのごあいさつとにのぼせあがって、受話器をおばさまにわたして、電話のそばからにげ出した。

「あのね、麻子さん、藍子さんはもうすこしまえに軽井沢について、いま佐紀子さんのおうちのかたたちにむかえられて、いっしょにおひるのごはんをめしあがってから、二時半の汽車でこっちへいらっしゃいますって、だから、四時ちょっとすぎね、おつきになるのは――佐紀子さんのおかあさまからたいへんていねいに、おじゃまとはぞんじますが、おことばにあまえてうかがわせますからってごあいさつだったの」

「ああよかった。わたし、さっき耳が、がんがんしてよくわからなかったの。もしかして行けないからっておっしゃるのかとおもって、どきどきしてしまったわ、わたし電話きらいだわ」

麻子はにこにこした。藍子たちがひとの気もしらずに、道草をしてゆっくりごはんなど食べてくるのは気にいらなかったけれども、ふたりで午後にはちゃんとやってくることがたしかになったので、がまんしてそれまでのあいだを、マリ子ちゃんをあいてにして、気をまぎらしていようと思った。

「麻子ちゃんのお友だち、テレフォンしたのね、どうして麻子ちゃん、テレフォンきらいなの？　マリ子好きよ、いつでもゆうがた、パパのオフィスにマリ子、テレフォンかけたわ、ね、ママ、そうね」

マリ子はおませをいって、おおきい従姉をそうだんあいてに、おむかえにゆくのに着てゆくドレスを、あれこれと品さだめをはじめた。

午後四時半、この千曲川の平原の小駅の構内に、ときならぬ四輪の花がさきこぼれて、あたりのひとびとの眼をひいた。白地にうす紅の花もようのボイルのそでを、かわいらしくパフスリーブにくくった藍子は、あかい皮の小さいスーツケースをさげて、かるがるとおり立ち、黄色のオーガンディのしゃれたドレスに、黒のサテンのベルトをした佐紀子は、すこし小麦色にやけた頬に、はにかんだような微笑をうかべて、まるでちいさい淑女《レディ》のようだった。

しろい不二絹に、黒皮のはばのひろいバンドをした麻子も、白いボイルの肩と胸に、藍《ブルー》の糸でひだをかがったロシア風のみじかい服のしたから、子供々々した脚をむきだしにしたマリ子も、軽井沢のしゃれたひとびとを見なれた佐紀子たちにさえ、かわいくいきいきと見えた。

紹介されるのを待ちかねたように、マリ子はねっしんな手を、藍子と佐紀子にかわるがわるさしだして、

「ハウ、ドゥユウドゥ」

と、まじめくさってあいさつした。

自動車が宿にむかうとちゅう、まんまんとゆるやかにうねりつつ流れる千曲川、そのひろい川原のなでしこや、月見草の草原《くさはら》、ていぼうのうえのさんぽ道、小舟があちこちにつながれ、釣りをする人たちの素朴なすがたの見える風景は、藍子たちをきょうがらせた。

「すこし軽井沢より暑いわね、でも、わたし暑いの、へいきよ、あの川、およげるかしら」

「ええ、およげてよ、でも、きょう少しにごっているし、ところどころ深いところがあるんですって」

麻子も快活にこたえた。

「川のなかにあの島のような洲があるでしょう。六月ごろには、あの島まで舟でわたると、あのまわりで、お魚のつかいかみどりができるんですって」

「まあ、すてき。でも、ていぼうのうえの散歩道もなかなかシックだわ、佐紀子さんの自転車持ってくれればよかったわ」

「あら、佐紀子さんが自転車におのりになるの？」

麻子がびっくりした。

「ええ、軽井沢じゃみんながのるのよ、わたしまだそんなにじょうずじゃないけれど——」

佐紀子がちょっとはずかしそうに頬をそめた。

「軽井沢はすてきね、自転車だの、乗馬だの、自動車だの、てくてく地面をあるいているなんて、とても気がきかないような気がするわ、わたし来年までに自転車けいこするけっしんよ」

藍子が眼をかがやかしてべっ見した軽井沢のいんしょうをかたる。そのうちに自動車は宿のげんかんにとまった。おばさまにむかえられてお部屋にはいると、広縁にちかく、おおきいテーブルのまわりに、三まいのすずしそうなおざぶとんがちゃんとならべられて、お客さまをまっていた。

「ママ、ママ、麻子ちゃんのフレンドは、真直《リアル》に好い美しい少女《ナイスプリテイガール》よ、マリ子もいっしょにお湯にはいるのね、ママ、いいでしょう、いいでしょう！」

マリ子ちゃんはおとなりの部屋でおばさまにぶらさがって、息をはずませておねだりをしている。いつもきらいなはずのお湯だったのに――。

新築の木の香のあたらしいお湯殿、まっしろのタイルのおおきな浴槽にあふれでる温泉《いでゆ》、三人の少女は浴槽のなかに身をおどらせて、まひるの湯にたわむれる。

ガタン、と脱衣場のドアのあくおとがした。麻子がびっくりして、お湯のなかに立ちあがると、ガラス戸ごしに、ちいさいマリ子がバスローブをかかえてはいってくるのが見えた。

「ああ、よかった、マリ子ちゃんだったの、わたし、だれかほかの人かとおもって――」

「ほかの人くればいやねえ、こないようにできないかしら」

藍子がいい出した。

「そうねえ、ほかの人は、あっちの本館のほうのお湯殿へ行けばいいんですもの」

「いいことかんがえたわ、ねマリ子ちゃん、お洋服ぬがないうちにね、スリッパを持ってきて、お湯殿のいりぐちへ並べてくださらない。だれもよその人、はいってこないようにするのよ」

藍子がいたずららしく眼をくるくるさせて、マリ子にたのんだ。

「スリッパ？　いくつ？」

マリ子がおもしろそうに聞いた。

「そうね、なるべくたくさん、三足か四足……」

「サンゾク？　ヨンソク？」

「ううん、スリーペア、オア、モアー」

藍子が英語をつかってくすりと笑った。

ごうけい九足のスリッパをいりぐちにならべて、四人は顔見あわせて笑い出した。だれか、宿のゆかたかなにか着た、おぎょうぎの悪い男のひとがやってきて、九足のスリッパとなかのさわぎにおそれをなしてひっかえしてゆくありさまをそうぞうしながら、四人はこのうえもなくうれしかった。でも、おそれをなしたのは、きんじょのおばさまたちだったかもしれない。スリッパはいつのまにかなくなってしまうし、四人があるきまわるところ、お部屋でも、おろうかでも、お湯殿でも、洗面所でも、はなびらをまきちらすように、明かるい色彩とようきな笑いと、わかわかしいおしゃべりのはんらんだったから。

藍子は、おかあさまのおことづけのはるばる持参の、虎屋のようかんをおみやげにさし出し、佐紀子は軽井沢のアメリカン・ベーカリーの洋菓子のはこをおみやげに持っ

てきたのに、マリ子ちゃんが大よろこびで、

「こんなお菓子のお店のある軽井沢へ、マリ子ちゃんゆけばよかった！」

と、さもざんねんむねんそうな顔をしたので、みんな笑ってしまった。

「じゃあ、わたし、帰るときおつれしますわ、マリ子ちゃんみたいなかわいい子ばっかしいますわ、それに外人の子もおおいのよ」

「そう、でも温泉ないでしょう、ママね、すこしニューヨークでおからだ悪くなったのよ、それには、日本の温泉がいいんですって、マリ子はそうバス好きじゃないのよ、それにいなかのお湯、やばんね、マリ子いや！」

と、マリ子は日本のいなかをひひょうして、なかなかのおしゃまさんを麻子のお友だちにごひろうした。

「ホホホ、マリ子ちゃんにはかなわないわね。そのうち、わたしたちもやられるわね」

藍子がマリ子におそれをなしたらしく、おじぎをしてしまった。

そのとき宿のちかくの大通りを、ぷうかぷうかどんどんとジンタがとおって行った。

「お歳暮の売り出しみたいね」

と佐紀子がいうと、

「いいえ、あれは映画があるんですって、この温泉場のお芝居小屋かなにかに——なんとかいう剣劇よ、そして入場料はおとな三十円で子どもが十円なの、そしてすわって見るのよ」

「麻子さん、なかなかくわしいのね、見にいらっしったの？　オホホホ」

藍子たちが笑った。

「ゆうべ、さんぽしながら見たのよ」

「そう、軽井沢じゃさすがにトーキーなんかあるんだけど、みんな東京で見たものばかりなんですもの、つまらないのよ」

佐紀子がいった。そんなたわいもない話をして、とても大にぎわいで、マリ子ちゃんはきれいなおねえさまたちにかこまれて大はしゃぎだったし、おばさまも麻子を愛すように、その年ごろの少女がおすきで、やさしい受持の先生のように、ほどよくおあいてしてくだすった。

晩のお食事のときも、とてもにぎやかで、おきゅうじの女中さんまでうかれて、いろいろきれいなお嬢さんたちの、お話あいてをしていた。

「あの山、わたしたちの足でのぼれるかしら」

おざしきの縁からとおく見える松のしげみから、あかい岩の断層をしめしている山を藍子がゆびさすと、女中は、

「えええ、お登りになれますとも、ごたいざいのお客さまは、一どはきっとおのぼりになりますから」

「あらそう、わたしたち、足じょうぶねえ、佐紀子さんはだいじょうぶかしら」

「あらしつれいねえ、わたし、ことしは軽井沢で、碓氷峠も離山もどんどんのぼってよ」

と佐紀子はふんぜんとしていった。

「じゃ、こんどのぼりましょうね」

麻子がいい出すと、

「マリ子もいっしょにゆくの」

と、マリ子もじぶんできめてしまった。

「みなさまおのぼりになりますと、あの山のうえに小さなお堂がございまして、そこに古い鏡があるんでございます、それがたったひとりでお願をかけて、まよなかにおまいりをいたしますと、その鏡のなかにじぶんの未来のすがたを見せていただくことができるという、いいつたえがございますのでございますよ」

「まあ、ほんとう」

「さあ、どうでございましょうか、つまり迷信でございましょうけれども――」

なかなか歯ぎれのいい女中さんが、あっさりと新知識をしめして、伝説を迷信とだんていしてわらった。

雷雨の山

宿の縁さきからばかり見ていた山に、いよいよのぼることになった。その山は、月夜の晩がいいというけれども、おんなの子ばかりでのぼることはできない。それで、おひるまえからおべんとうを持っておばさまをおるすばんに、マリ子ちゃんをくわえて四人、武装おおしくのぼることになった。

宿の人たちは「山のふもとまでは自動車でいらしったほうがおらくでございます」とすすめたが、

「がたがたの車なんかにゆられるよりは、ハイキングですっかり歩きましょうよ」

と藍子がしゅちょうした。それで、アルプス登山でもするようないきごみで出かけた。

おべんとうの折を四つ、佐紀子が軽井沢から持ってきた草あみのふくろにいれて、三人でかわりばんこに持つことにした。佐紀子と麻子がすいとうをかたに、藍子は写真機をもって、そして、マリ子は氷ざとうの保管係になって、てきとうなときに、みんなにそれをくばるはずだった。

つゆ草だのかるかやだの、お茶布巾のように赤黄色にしぼんだ月見草だの、まれに河原なでしこがちょいちょいかわいい顔をのぞかせる野道を、はじめはとてもげんきよく歩いていたが、ふもとの登り口であらたにきりひらいた山道らしく、かくばった石がごろごろしているところへさしかかって、うえからかんかんと陽が照ってくると、まずマリ子ちゃんがすこしよわり出した。はじめっからマリ子ちゃんをじぶんたちといっしょに歩かせようとするのが、無謀だったとわかった。

「マリ子ちゃんのために、自動車にのってここまではくるべきだったわね」

藍子がこうかいしたような声を出した。麻子はマリ子がじぶんの従妹なので、この子のためにこのピクニックをだいなしにしてはすまないと責任を感じると、よけいに汗が出てしまった。

「マリ子ちゃん、じぶんできたがって、よわってしまってはだめよ、もし、どうしてもだめだったら、麻子がおんぶしてあげるわ」

こういわれても、さすがにマリ子はがまんづよく、

「わたし、すこし休んでなにか食べれば、また歩けるとおもうわ。汽車のタイムじゃないから、とちゅうで休んでもだいじょうぶでしょう」

と、くたびれてもおませをいっている。

「ああ、そうそう、休息のひつようがあるわね」

と藍子はあたりを見まわしたが、もうひとのぼりしないと、てきとうな日かげがなかった。そこまでやっとのぼって、ほっとして、一同水とうの水を飲むやら、氷ざとうをしゃぶるやら、藍子が記念撮影をはじめるやら、しばらく時間をとった。

「まだ、たいへんかしら」

と、うえをあおぐと、たいへんどころか、まだ十分の一くらいらしく見えたので、一同悲観した。

「これでは、頂上までのぼるのに暗くなりはしないかしら」

と、あわてて歩き出した。

そんなことをしてたびたびとちゅうでやすみやすみのぼり、岩清水をはっけんしておべんとうにありついたときは、まだ頂上にはなかなかあいだがあったが、時間はもうおひるをすぎていた。そしてやっと頂上にたっしかけたときには、空もようがだんだんあやしくなって、まわりの連山の峰々が雲にすがたをかくしたとおもうや、さあっと、あたりが紫がかった空色の雲につつまれたような気がして、ぽつりぽつりと大つぶの雨が帽子のつばにあたった。

「あら、たいへんよ、夕立だわ」

うらめしそうに空を見あげたが、もうまに合わなかった。おりるにしてものぼるにしても、このとちゅうの雨、はじめはぽつり、ぽつりときたのが、やがて、山の松林のこずえにさあっとわたる風音がしたと思うと、まるで水おけをさかさにしたようなどしゃぶりの雨になった。

あーらたいへん、と麻子がマリ子をかかえて足のつかれもいまはわすれて、頂上をさしてかけのぼると、ぴかりといなびかりがしたと思うと、ごろごろっとはげしく雷の音さえあたまのうえでひびいてきた。

「雷、あたしきらいよ！」

佐紀子が泣きだしそうな声をだした。

「だれも雷なんてすきな人ないわ」

藍子が日ごろの社交家にも似あわず、はらだたしげな声を出して、一足でもさきに、というようなかっこうで、利己主義にもかけだした。

雷はますますはげしくなった。マリ子は、ママ、ママと泣き出した。麻子はおばさまのためにも、マリ子をまもらねばならぬと責任おもくかんじた。それに雷におびえる佐紀子も、日ごろの態度に似あわずあわてふためく藍子も、じぶんがお客さまとしてむかえた責任から、みんなを保護せねばならぬとおもった。そうなると、じぶんひとりは、どうあってもよわったり、へたばったりはできなかった。じぶんは雷にうたれても、従妹のマリ子とお客さまの藍子と佐紀子をぶじにまもらねばならなかった。それが麻子に生まれてはじめてのつよい勇気をあたえた。

むちゅうでのぼってゆく道のそばに、何百年もたったかとおもわれる老杉《ろうさん》の大木がそびえて、そのしたはまだ雨ももらずにかわいていた。

「あのしたへ、みんなでかたまりましょう」

と、藍子はわれを忘れたようにその幹にからまるようにせまった。

「藍子さんだめよ、そんなおおきな樹に雷はおちるものよ」

麻子は藍子をとめようと大きな声を出したが、その声さえ雨と雷の音にさえぎられるのだった。

「このうえへのぼれば小さいお堂があるって、宿の女中さんがいってましたわ、そこへはいりましょうよ」

麻子は藍子の手をひっぱるようにして、杉の樹のしたからつれ出した。

また雷が、がらがらとなりひびくと、「おおこわい！」と藍子は、それまでごしょうだいじににぎっていた愛用の写真機を、ぱたんとおとして麻子にりょう手でしがみついた。

「ママ！」

と、マリ子ちゃんは母をよんだが、はげしい雨風は、その西洋人形のような女の子のぼうしをさえふきとばしてしまった。

佐紀子はものもいえず、あかい美しいくちびるの色さえかわらせて、これもまた藍子とおなじように麻子の背にしがみついて、息もできぬありさまだった。

「だいじょうぶよ、お堂のなかへはいれば――」

麻子は三人の手を、みな、じぶんひとりでひっぱるようにして、宿の女中がおしえた小さい山上のふるいお堂をめあてに、杉の大木のまえをよこぎってたどった。

もう四人ともぬれねずみのようになって、ぼうしを飛ばされたマリ子の髪からしずくがたれるばかりだった。

「あっ、お堂が!」麻子はおどりあがらんばかりにさけんだ。うれしやそこには、ふるびて黒ずんだちいさいお堂が、山頂の森の中に見えたのである。

四人の少女をまもりたもう神のあたえしお城と、麻子には、その見るかげもなく朽ちはてたお堂が、金色にかがやきわたるかと見えるばかりだった。

藍子も佐紀子も麻子の声にはげまされて、マリ子を中心にかこんで、ちいさいお堂めがけて走りこんだ。

雨と風とにお堂まえの鰐口の鈴をひくつなが、ぶきみにゆれていた。こわれかかったお賽銭箱のあるかいだんをむちゅうであがったが、そのお堂の縁にも雨がふきつける。

お堂のなかはあらい木のこうし戸にさかいされて、中央にひかる鏡が安置され、しろいご幣がゆらゆらと、ほのじろくうすぐらい堂内にゆれていた。

麻子はそのお堂のうちにはいればあんぜんだとおもい、ちいさい従妹や友だちをそこにみちびいて安心させたいあまりに、力をこめてさかいのこうし戸をゆすぶって見た。はじめ正面のこうし戸をゆすぶり、つぎに右手に、そして左手にもまわってこうし戸をたたいたり、ゆすぶったりしたとき、がらりばたんとこうし戸が一まいはずれてたおれた。

「さあ、はいりましょうよ」

と、麻子はマリ子とお友だちふたりをいれて、じぶんもはいり、こうし戸をもとのようにした。

麻子が、そんなにはたらいているとき、藍子も佐紀子も、もう口もきけずお堂のすみにぶるぶるとふるえて、小さくなって伏してしまった。

麻子だけはかいがいしく、堂のなかを見まわし、そのすみにつんであった幕をもちだした。それは奉納と大きく字をそめだした、祭礼のおのぼりらしかった。麻子はそれをかやのごとく、天幕のようにひろげて、雷におびえきっている、マリ子と藍子と佐紀子の三人の小犬のようにかたまっている頭のうえからかけてやった。

藍子も佐紀子も、そのおのぼりを、ごしょうだいじにかついでふるえていた。

麻子は中央のご神体の鏡のまえにひとりぬかずいて、

「どうぞ、従妹とお友だちをおまもりください、わたしの身にかえても――」

と手をあわせて祈った。

ピカッとはげしいいなびかりが、そのとき、お堂のなかにさしこんだ。堂内は電火のあかりにくっきりとてらされた。

と、むこう正面のご神体のふるい銅の鏡のなかに、麻子の祈る顔が、ぱっとうつし出された。

麻子はおもわず「あっ」とさけんで、鏡のなかのじぶんの顔を見た。

「人の未来のすがたがうつる――」と宿の女中がいった。その鏡の面に、ありありと麻子の顔が天からさすおそろしい、いなずまの閃光にうつし出されたのである。

麻子がしゅんかん、ちらと見たその鏡のなかの顔は、これがじぶんの顔かとおもうほど、うつくしく、りりしく、こうごうしかった。

あお白くひきしまったおもての眼には、愛情と熱情があふれ、口もとにはけなげな勇気がみちた、かしこいりっぱな少女の顔だった。

麻子がおもわず息をつめて、そのふしぎなほど美しいわが顔を見ているまに、いなずまの光はさっときえて、ふたたび堂内はくらくなったかと思うと、たちまちばりばりとブリキを引きさくごときすさまじい音がして、雷がなり、地ひびきがし、小さいお堂の屋根はぐらぐらとゆれた。

「あっ！」

のぼりの幕のなかで、三つのからだがぶるぶるとふるえて、ひとかたまりにちぢまった。

——それから、ものの三十分も、あるいは一時間もたったかもしれない。

麻子は堂内にきちんとひざをただしてすわっていた。

（ああ、あれがわたしの未来のすがたなのじゃないかしら！　わたしはああいう美しいりりしい愛情のゆたかな少女にきっとなれると、神さまがおしえてくだすったのだわ）

麻子はそうかんじると、もう雷も雨も風もちっともおそろしくはなかった。

ただ、従妹と友だちふたりをぶじにまもろうとする、けなげな勇気がますますわくばかりだった。

――やがてはげしかった雨もやんだ。もう雷の音もいなびかりもしなかった。山々をおおうていた雨雲はちって、夏の午後の陽がさして、お宮のちかくの森でせみが鳴きだした。

「もうだいじょうぶよ！」

麻子はこう声をかけて、三人にかぶせたのぼりをとると、なかから、もそもそ藍子と佐紀子がきまりわるげに出た。マリ子もやっと頰の色をとりかえしてげんきづいた。

「ああ、おそろしかった。さっきここへ雷が落ちて、もうだめだと思ってたわ」

藍子がいった。「よかったわね」佐紀子が――そしてふたりとも、へいぜんとしてじぶんたちをまもっていた麻子のすがたを、いまさらにまぶしげにあおいで、

「まあ、麻子さん、いざとなるとつよくて、わたしたちのおねえさまのように、しっかりしていらっしゃるのね！」

ふたりとも、異口同音に、麻子をいままでとはちがった、そんけいと感謝の思いで見あげるのだった。

ほんとに、そのときの彼女たちのながめた麻子の顔だちは、たしかにりりしいりっぱな感じをあたえたのである。

「あっ、わたし、くもの巣がかかったわ！」

マリ子が、お堂のすみにうつ伏していたおかげで、髪や肩にかかったくもの巣をきみわるそうにはらった。

「藍子さん、あなたお顔にごみが……」

佐紀子が藍子にちゅういした。ふたりともお堂の床のちりを頬や手につけてしまった。

ふたりともいささか醜態のじぶんたちをかえりみて、ますます麻子にはずかしくなった。

雨後の陽

温泉宿にのこっていらっしったおばさまは、雷が鳴りだすとたいへんしんぱいなすった。麻子たち一行はまだとちゅうだと思うのに、この雨と雷ではさぞ大こまりだろうとお思いになった。

「ひどい雨でございますね、奥さま」

と声をかけて、おざしきのお縁の雨戸をしめにきた宿の番頭に、

「どうでしょう、この雨ではあの子たち、さぞとほうにくれているでしょうね」

と、おばさまはそうだんなさるような顔をなさると、

「ほんとにお出かけのときはいいお天気なので——それにお身がるで、かさひとつお持ちにならなかったようでございますが」

番頭も思案がおをした。ところへ、ごろ、ごろ、ごろっとはげしい雷がたえずやってきて、雨はますますはげしくどしゃぶりになり、庭の小池はあふれるように波だち、なかの緋鯉が庭石にはねかえりそうないきおいだった。

おばさまは立ちあがって、お縁のガラス戸ごしに、麻子たちがきょうのぼって行く山のいただきをはるかに見わたされたが、うすずみをながしたような雨雲にさえぎられて、いかにもすさまじいありさまだった。

「いかがでしょう、ここからだれかおむかえに出してみましょうか?」

「そうね、自動車が出るなら、しんぱいしているよりいっそ、わたしが行ってみたいと思いますけど——」

おばさまはごじぶんでおむかえに山へ出かけようとなすったのだった。

「それではさっそく自動車をもうしつけましょう」

番頭はあたふたと廊下へかけ出していったと思うと、ピカリッといなずまがさした、と思うしゅんかん、天地をつらぬくような大おんきょうで雷鳴がなりはためき、おばさまもさすがに耳をおおうて、おざしきのなかへかけいるほどだった。

家のなかにいてさえ、こんなにおそろしい雷鳴だのに、山道にさしかかって、あの子たちは小さいマリ子をかかこんで、麻子もふたりのお嬢さんたちも、さぞこまってと思うと、おばさまは気が気でなかった。

そしてすばやく身じたくをなすって、いっこくもはやく、自動車で山のぼりの少女の一行をむかえにと、車のくるのを待っていらっしったが、なかなか自動車はやってこなかった。

しばらくすると、番頭と宿の主人と女中が、三人そろっておざしきへはいってきた。

「どうもとんだあいにくの雷でございまして、こんなことなら、てまえどもで、ひとりごあんないやくにつけてお出しすればよろしかったと、なんともゆきとどきませんで、もうしわけございませんしだいで……」

と主人はぺこぺこおじぎをしてあやまるのだった。

「いいえ、あの子たちはじぶんたちだけで行って見たいのですから、それにひとりではなし、助けあってどうにかなりましょうが、ただ小さいマリ子が、やっぱりお荷物になってこまっているだろうと思うのですよ、それでともかく、わたしが車でむかえに行ってやりたいのですが——」

「ところが、その車がでございますが、あいにくみんな出はらっておりまして、一台もございませんそうで——、かえりしだいすぐこちらへまいるように、よくもうしつけてやりましてございますから、しばらくおまちくださいませ」

「まあ、そう、じゃしかたがありませんわね」

と雨と雲とにかくされているむこうの山を、うらめしそうにながめながらおっしゃった。

しかし、この雨の中を車がないからといって、かけ出して行ったとてしかたのない話なので、おばさまは落ちつかないで、お縁の籐いすにかけたり、うろうろしていらしった。

ところへ、女中がいきせききってかけつけて、

「奥さま、ただいまやっと車がまいりました」

「そう、ではすぐに」

とおばさまは宿の大玄関へ出られると、宿の番頭が「わたしもおともをいたします」と助手台に乗りこんだ。

自動車がはしり出るみちみち、たけなす秋草はむざんにも野分のあとのごとく、雨になぎたおされ、小川の水は褐色ににごってあふれていた。だが、雨はしだいにこやみになって、空が明かるんで、雨雲はしだいにふきちらされてゆく。

「これは晴れますな」

番頭が車のガラス戸ごしにそとをながめていった。

「え、せっかく出かけたら晴れそうだけど、でもありがたいわ」

おばさまもあんしんなすったようにおっしゃった。

やがて車が山のふもとに着いたときは、雨はすっかりやんで、さっきのおそろしかった雷鳴などはまるでうそのように、明かるい午後の陽がななめにさしてさえきた。

「いつもなら、もう少しうえまでまいれるのですが、この雨のあとではあぶなくて、もうのぼれませんが」

運転手がいった。

「そうか、じゃしょうがない、奥さま、車を待たせておきましたほうが、よろしゅうございましょうな、これよりうえはまいりませんそうでございますが」

「そうね、じゃ待っていてくださいね」

「いえ、それより車をここにおいて、わたしもいっしょにまいりましょう」

と運転手もいっしょについてきた。

「もう頂上までのぼっているでしょうね」

おばさまはそうおっしゃりながら、雨後のともすれば靴のすべる道をいそいでいらしった。

「どこかに雨宿りしていらっしゃると思いますが――」

と番頭や運転手も、くちぐちになぐさめるようにいって、いただきへとせっせと足をはやめると、そのゆくてに、むざんにも幹をなかほどからさきつらぬかれた杉の老木が、三人の眼にはいった。

「あっ！　さっきの雷はここへ落ちたのですね」

番頭は、なまなましく皮をはがれて木肌をあらわにした杉のこずえをあおいで立ちどまった。

「えっ、ここへ雷がおちたんですって!」

おばさまは胸をどきどきおさせになった。そして、あわててその杉の木のしたにはしりよったときに、靴のさきに、カチリとあたったものがあった。なにかとかがんで、したをごらんになると、ちいさいコダック型の写真機だった。

「あら、たしか藍子さんの持っていらしったものですわ。まあ、どうしましょう、このへんにまだいたんでしょうか、このへんにまだいたんでしょうか」

とおばさまはおろおろなさった。そう聞くと、番頭も運転手も顔いろをかえて、

「うへっ、それはお嬢さんがたの持っていらっした写真機なんですか、はてな」

と、そのへんをきょろきょろと見まわした。

「あっ、ぼうしも!」

運転手があわただしい声をかけて、その杉の木のほとりの道ばたの、さっきのはげしい雨で、崖くずれをしたらしい赤ちゃけた岩かどに、雨にたたきつけられたようになっていたブリムもリボンもとき色の、かわいいぼうしをひろいあげた。

「あ、それはマリ子の……」

といいかけたまま、はやくもおばさまの胸は、どきどきと早鐘をうつように鳴った。

「すべり落ちたんじゃないでしょうか、マ、マリ子が……」

と、その崖をのぞきこもうとなさりながら、おばさまはもう口がきけないようなごようすだった。

もしそうだとすると、これは一大事だと、番頭も運転手もすっかりあわててしまった。

「いや、そんなことはあるまいとぞんじますが、しかし、すぐ手をわけておさがしいたすことにいたしましょう。きみ、運転手さん、きみはすぐ宿までかえって、もうすこし人をこちらへよこしてくれるようにいってもらいたいんだが！」

「さっそく、そういたしましょう」

と運転手がふたたび、もときた道を自動車のほうへ駆けおりようとしたときに、いただきのほうの小径から、がやがやとはなやかな少女の声がしてきた。

「まあ、あの子たちじゃないでしょうか？」

おばさまは、いままでのあおざめていらしった頬に、きゅうに血の色をのぼせながら、耳をおすましになった。そして、

「マリ子ちゃん、麻子ちゃん！」

と、われをわすれて大声でおよびになった。

「オーイ、オ嬢サマアー」

と番頭もあとにつづきながら、口もとにりょう手をあてがってさけんだ。

「あら、へんな声がするわ」

雷がやんだとなったら、にわかに日ごろのげんきをとりかえしたらしい藍子が、みんなにちゅういした。

「ママの声だわ、ママア！」

とマリ子がさけんだ。

「ほんとにへんな声と、それからおばさまの声とだわ、きっとわたしたちをしんぱいしておむかえにいらしったのよ」

と麻子がかしこくはんだんすると、みんないちどきにかけ出した。

「やあ、いらっしゃいました、いらっしゃいました、奥さま、だいじょうぶです」

と、へんな声の出し主の番頭が、おどりあがらぬばかりにさけんだ。

「まあ、どんなにしんぱいしたか……」

おばさまはまた、こんどはうれしさで口がきけないほどであった。

「おい、おい、もう人を呼びに行くにはおよばないよ」

と番頭が立ちどまっていた運転手のほうをふりむくと、これも、やれやれあんしんしたというような顔をして、あとからついてきた。

「ママ、おそろしかったの《アイムソーアフレイド》、ママ！」

とマリ子がママを見ると、きゅうにさっきのおそろしさを思い出したように泣き声になって、ママにすがりついた。

そのマリ子をうれしそうにだきよせながら、

「みなさまのおかげでマリ子も助かりましたわ。さぞ、さわぎ立てておこまりになったでしょう」

と三人のおねえさまたちのほうをむいておじぎをなさると、藍子も佐紀子もきょうしゅくしたようにうすあかくなった。

「いいえ、麻子さんひとりがみんなをまもって、しっかりしてくだすったのですわ、わたしたちなんか、マリ子ちゃんよりもよわ虫なくらいにさわぎたてて、いまになればほんとに恥ずかしいわ。でもねえ、さっきのこわかったこと、きっとどっかへおっこったでしょうね」

「どっかへどころか、ごらんなさいまし、あの大きな杉の木を」

番頭がゆびさす、れいの杉の木を見ると、

「あっ！」

といったきり、三人とも立ちすくんでしまった。ことに藍子はさっとくちびるの色もないくらいにあおざめてしまったが、やがてまだふるえている手で麻子の手をつかむと、

「麻子さん、ありがとう。おばさま、わたし麻子さんにいのちを助けていただいたのですわ、わたしさっきあの杉の木のしたへ雨宿りをしようとしたのを、麻子さんがひっぱって、みんなを頂上のお堂までむりにつれて行ってくだすったのです」

「そしてお堂のなかへいれて、わたしたちがこわがったものですから、旗をかけたり戸を立てたりして、ひとりでいろいろはたらいて、わたしたちみんなを見まもっていてくだすったのですのよ」

佐紀子も麻子のほうを、おおしい勇士を紹介するようにみつめながら、いっしょうけんめいにのべた。

「まあ、それは、麻子さん、おてがらねえ」

と、おばさまはうれしそうに麻子のかたに手をお置きになった。

「だって、マリ子はちいさいし、藍子さんたちはお客さまなのですもの、わたし責任をかんじて……」

麻子はかいかつな声音ながら、ほめられてすこしはにかんだような微笑をうかべていた。

ともあれ、みんなぬれたいほどぬれてはいるし、どろや、ごみや、くもの巣に手足も服もみじめによごれてしまったので、おおいそぎで帰ることになって、自動車までひっかえそうとするとたん、

「あっ、わたし、カメラ、お堂へおいてきてしまったかしら」

藍子が思い出してあわてた。

「いいえ、ここに、これでしょう」

おばさまがれいの遺留品のコダックのどろをふいてわたしてくださる。

「それと、あのマリ子のぼうしが、この杉の木のそばにあったおかげで、てっきり四人とも雷にうたれて、どっかへふきとばされてしまったのじゃないかと思って、もう

どんなにしんぱいしたかしれませんでしたよ」

おばさまが、お笑いになりながら、さっきのしんぱいをいまさらに思い出して、マリ子の髪をなでていらっしゃる。

「あらア、マリ子のぼうし！」

マリ子が泣き笑いのような声を出して、

「日本のかみなりさま、とても野蛮ね、木をおったり、マリ子のぼうしふみつぶしたり、いやだわ、マリ子」

とふんがいした。

千曲河畔の夜

よく日の午後に佐紀子はかえる予定だったが、げんきな藍子もなんとなくあんな事件のあとでおかあさまのこいしいような気持になって、いっしょにかえるといい出した。ひとばん佐紀子の軽井沢の家にとまって、よく日東京へかえるようにおかあさまにあてて電報をうった。きのうの雨で、ぬれしおたれた服も、せんたくをしてきちんとアイロンがかかって、おへやのすみの、みだればこにたたんであった。

まだ朝つゆのあるうちにひろい河原におりて、あちこちをかけまわって、いちめんの月見草のあいだにまじっているのをつんできた、かわいい河原なでしこの花たばは、危難をともにしたふたりのお友だちにおくる、マリ子と麻子の心づくしだった。

一日じゅう、三人はしずかにして、おばさまのお話をうかがったり、マリ子のニューヨークの話をきいたりしていた。

ニューヨークの街々がどんなににぎやかで、たてものがどんなに高いか、三十階いじょう行きというような急行エレベーターが、どんなにすばやくいっしゅんのまに、地上から三十階、五十階まで人をはこんでしまうか、その高いたてものの窓からしたを見れば、ひろい街すじも、谷底のただ一寸はばの道のようにせまく、そこを人間や自動車がまっくろにうずめてうごめいているおかしなありさまなどを、マリ子はみんなにかたってきかせた。

「それから、コニイアイランドっていうところへ、マリ子はパパにつれて行っていただいたわ。ニューヨークから、そこへはバスも行くの、サブウェイでも行けるんですって、サブウェイっていうのは地面の下をとおる電車よ。東京にもあるでしょう。でも、マリ子は、ハドソン河をお船にのって行ったのよ。ハドソン河は千曲川の十倍も百倍もおおきいわねママ、そして海とつづいているのよ、コニイアイランドは海水浴もできるし、メリーゴーラウンドや、それから遊ぶものや食べるものはなんでもあるのよ、ジャパニーズボールっていうボールをころがすあそびは、日本人や中国人がお店の番をしていたわ。ああ、マリ子はまいにちまいにちコニイアイランドへ行きたいな。でも、パパはあんなところはたびたび行くものではないとおっしゃって、いちどだけつれて行ってくだすったきりよ。でもね、中央公園《セントラルパーク》へはずいぶんママとおさんぽに行ったわ、セントラルパークもマリ子すきよ」

マリ子のおしゃべりはとめどがなかった。ニューヨーク埠頭の自由の女神の像をかたり、ジャンヌダークの像に連想をはせ、ついに、きのう、山上のお堂の中で、マリ子や藍子たちをまもって、一人つよく雨風とたたかい、雷鳴にむかっておそれなかった麻子ちゃんは、ジャンヌダークのように、きつくえらいといい出した。そして、じぶんのその発見にむちゅうになって、みんなを見まわした。だれもそれに異議をさしはさむものがなかったので、麻子はとうとうジャンヌダークにされて、はずかしがってしまった。おばさまはしじゅうにこにこしてきいていらしった。

その夜、藍子たちを見おくり、お夕飯もすんで八時ごろにはマリ子もお床についた。白麻のすそを藍にぼかしたかやが、キャンプのようでおもしろいってマリ子はいつもおおよろこびだった。そのなかから、お縁にいらっしゃるママや麻子と二、三分もはなしかけていると思うと、もうすやすやとかわいく寝入ってしまうのだった。

お客さまがお帰りになり、マリ子がねてしまうと、麻子もおばさまもきゅうにほっとしたような、がっかりしたような気持になって、お縁の籐いすにふかくこしをおろして、だまって向かいあっていた。虫の声が、ながれる夜気の中にすんで、さわやかな夜だった。麻子はだまって、虫の声に耳をすましながら、ほのかな疲れ、しずかな平和な気持に、ぼんやりと椅子の背にあたまをもたせかけていた。それはけっして、ものたりないさびしいものではなかった。いいえ、かえって、なにかほんとにいきいきしたよりどころのある、きゅうにじぶんがもう、あのすねたり、あまえたり、ねたんだり、めそめそしたりしていた小さなおばかさんとは、まるでへだたった、なにかになろうとしているとでもいうようなばくぜんとした、でも、なんとなくたのしげな空想にみちたものだった。

黒いおおきな眼を、無意識にぱちぱちと眼ばたきさせている麻子をみていらしったおばさまが、

「麻子さん、なにかんがえているの?」

とおっしゃった。びっくりして起きなおった麻子は、おばさまのやさしい微笑から、おばさまには麻子の空想の、すっかりの秘密がわかっていらっしゃるような気がいっしゅんにして、ぱっとあかくなってしまった。

でも麻子は、麻子の生まれたときからのみかただったおばさまに、あのたのしい秘密、希望を知られるのを恥じはしなかった。それより、マリ子ちゃんに横どりされたと思ったおばさま、ご帰朝になってから、なんだかよそよそしく、みょうにおとなあつかいなすってと、うらめしいような気もしたおばさまは、いまむかしのままのおばさまで、麻子のこんなにも身ぢかくにいらっしゃる。おばさまこそ麻子の成長をたすけ、麻子のこころの飛躍を見まもってくだされるかたなのだ。麻子はおばさまになんということなく、いろいろなことがお話してみたくなった。

庭げたをはいたふたりのすがたが、木戸口から小径をとおって、千曲川のどての散歩道にでる道々、いつもみじかい服を着ているので、ちいさいような気がしていた麻

子の背が、すらりとしているおばさまとならんで、その肩のうえに出てもう三寸とはちがっていないのだった。

「赤ちゃんだった麻子ちゃんが、こんなに大きくなって……」

とおばさまがお思いになれば、

「おばさまがわたしをへんにおとなあつかいになすってと思っていたのに、いまわたしはおばさまに、ほんとにおとなのように、おとなのお友だちのようにお話しようとしている」

と麻子はわくわくするのだった。

ゆるくうねりながれる千曲川のひろい川面は、夜目に白く、かなたにとおい山々は黒いかげに空をかぎって、とおい村の灯がちらちらと山すそにまたたく月の光に、眼のとどくほどのひろい河原のかぎり、もくもくと月見草の花がさいて……わざと灯をよけた小さなベンチにこしをおろしてよりそった。

「おばさま、さっき麻子のかんがえていたことね、お笑いになってはいやよ、とってもへんなことなんですもの、ほかの人が聞いたら、きっとばかげたことだってわらうでしょうし、そうしたら麻子もまたそんな気がして、しょげてしまいそうなのですもの。でも、おばさまならわかってくださるとおもうし、麻子に力をつけてもくださるような気がするんですもの」

だまってにっこりとうなずいてくださるおばさまの白いお顔を見あげて、麻子はかたり出した。

「おとつい、女中さんが、あの山のうえのお堂にふるい鏡があって、ま夜なかにおまいりをすると、その鏡のなかに、じぶんの未来のすがたを見せていただけるって話していたでしょう。麻子は、見たんですの、あの雷鳴のさいちゅうに、はっきりそのふるい鏡のなかを」

と、いったとき、さすがにぶきみでおばさまの手をしっかりとつかんだ。

「なにを見たの、麻ちゃん、そんな……」

「いいえ、ほんとに見たの、うすぐらいお堂のなかで、ピカアッと光ったいなびかりでてらされると、鏡のなかにわたしの顔だけ、ぱっとうつったのが眼にはいって、それはほんのしゅんかんだったのですけれど、あんまりはっきりと見えて……それからすぐ、あのお堂ぜんたいがぐらぐらっとゆれたような気がした、いちばんひどい雷鳴になったのですけれど、それからその鏡についての伝説とがむすびついてしまって、どうしても、わたしの心をはなれないんですもの」

なにをいい出すかと思われた麻子が、あんがい落ちついているので、おばさまはあんしんなすった。

「それで、あなたの顔どんなだったの?」

「あの、それが……」麻子はちょっとちゅうちょして、ふくみ笑いをしたが、すぐさっぱりといって笑い出した。

「あのね、とてもよい顔だったの、お笑いになってはいやよ、わたしの顔にはちがいがないんですけれど、つよくって、りこうそうに見えて……」

「ああ、そう。けなげなうつくしい愛情にみちたりっぱな顔だったでしょう」

麻子がけんそんしていいたりなかったところを、おばさまのしずかな声がおぎなった。

「まあ、どうしておばさま」麻子がびっくりした。

「どうしてもわかるのよ、山であなたたちにあったとき、あなたはこういう顔をしていたのですもの」

「まあ、おばさま」

麻子はおばさまの肩によって、うれしさか、かなしさか、まぶたのおく、胸のしんになみだがわいてくるのをこらえた。

おばさまも麻子もだまっていた。でも、麻子にもおばさまにもおたがいの気持はよくわかっていた。おばさまには、麻子さんがそんな迷信にとらえられてるなんて、おとがめになるよりも、麻子が、あのしゅんかん、至りえた尊い心持、愛情、勇気、犠牲のうつくしい映像をごじぶんの未来のすがたとして、守りそだててじぶんをかしこくみがいてゆこうとする決心を、正しいものとおかんじになるのだった。おばさまの手が麻子の感動にふるえる手をしっかりとおにぎりになっていた。麻子は愛情が心にあふれ、あたたかいものが、身も心もつつんでゆくのをかんじた。やわらかく涙にぼかされた、千曲川の水、とおい灯、河原の月見草、麻子は一生この夜をわすれることはないであろう。しばらくしておばさまが、気をかえるようにおききになった。

「あなたが鏡をみたこと、だれもいいませんでしたね、みんな知らないの？」

「ええ、そのとき、みんなお堂のすみで、旗だかのぼりだか、かぶって、つっぷしていらっしったんですもの、それにわたしだまってましたわ、これからもだれにもいわないつもり、わたしのたいせつな秘密ですもの」

麻子はかいかつにわらった。おばさまもおわらいになった。だが、その微笑のなかには、ちいさい姪へのそうぞうだにつかなかった、心の成長と発展とを祝福しそんけいするおもいが、無言のうちにこもっているのだった。

あの雷鳴いらい、マリ子がいなかの温泉場がお気にめさなくなってむずかるので、帰京をはやめて、日ならずして思い出おおい千曲河畔の温泉の町にわかれて東京へかえったのであった。

雷さまの英雄

麻子とおばさま、マリ子のいっこうが、信濃の温泉を引きあげてかえってから、マリ子が山登りのとちゅうで出あった雷さまのお話を、みんなにつたえるのだった。

「たいへん麻子さんが落ちついて、マリ子やお友だちをリードして、ぶじに避難させたのですよ」

おばさまが麻子のそのときのたいどをほめそやしておっしゃったけれども、おうちの人はなにげなくききながしてしまった。

「避難はちとおおげさだな——ついでに小さいのが一つ二つ、ゴロゴロピシャンと麻子さんたちのうえに落ちるとおもしろかったね、おてんばさんたち、すこしは、おとなしくなるかも知れなかったのになあ」

おにいさまはそんな無責任なことをおっしゃった。たぶん、男の子は無考えで、すこし女の子にいじわるのかんがえをもつものらしい。もし、ほんとに麻子たちのうえに雷が落ちてしまったとしたら、どんなさわぎと、いく家庭もの悲しみをひきおこすかも知れないのに——。

ともあれ、真実、麻子があの雷雨の日に、ほかの子たちより落ちついて、しんけんにふるまったたいどをよくしり、心からうれしく思ったのは、あのとき宿でだいしんぱいなすって、山までおむかえにいらっしたおばさまだけだった。

そのうえおばさまは、とくにひとつのことをもごぞんじだった。それは、麻子があの雷をさけた小さいお堂のなかで、いなびかりのなかにちらとわが顔のうつれるを見たふるい鏡——それにまつわる伝説——そしてちいさい姪の心のへんかが、それによって生じるかもしれないというしいのぞみ、それだった。

おばさまは、それはだれにもつげようとはなさらなかった。

二学期がはじまって、麻子は学校で藍子や佐紀子に出あった。

「雷いらいね!」

ふたりはすぐなつかしそうに麻子のそばへよってきた。ふたりともあのあとで、ていねいなお手紙を麻子やおばさまに送ったけれども、まだあれいらい会ってはいなかったので、

「わたしお休みじゅうおそろしい雷にあったお話ばかり、だれにも聞かせていたのよ。そして、麻子さんのちんちゃくだった武勇伝をおひろめしたことよ。うちのおかあさま、とても麻子さんをほめるのよ。そしてね、そら、いつか北海道で村のたいへんな音楽会のとき、麻子さんははじめはおじけて歌えないほどの人だったけれど、いざとなるとちゃんとおちついていてえらいんですって、それはうちのおかあさま、麻子大明神てほめていらっしってよ」

藍子がつげた。

「ええ、うちのかあさまも、麻子さんのようなかたを見ならいなさいって、雷ひとつであわてて泣くようでは、りっぱな人にはなれないって、わたしかえってしかられて

しまったのよ」

佐紀子もじぶんのおうちでの麻子のひょうばんをつげる。

「雷がいったいどうしたの?」

耳のはやいクラスのお友だちで、さっそく口を出す人があらわれた。

「とても一口じゃお話しきれないことよ」

藍子がさも大事件らしく、もったいをつけてしまった。

「生涯わすれられぬほどおそろしかったことなのよ」

佐紀子までいい気になって、クラスのひとびとの好奇心をあおり立てるのだった。

「なあに、どうしたの?」

「なあに」

「なあに」

蟻みたいに、みんな、藍子と佐紀子、麻子の三人をとりかこんでしまった。

そうなると、いやでも三人はこの夏休みちゅうの一大事件の内容を、ぜひに物語らねばならなかった。

それで藍子が、佐紀子と軽井沢から千曲河畔の麻子のいた温泉地へ行った話をしだし、マリ子ちゃんと山登りのことを話し出した。

「まあ、それがどうしておそろしかったの、楽しそうじゃありませんか？」

と、気のはやい人はまぜっかえした。

「だんだんこれからおそろしくなるのよ、待っていらっしゃいよ」

佐紀子にいわれると、

「そう、山におばけでも出てきたの」

と、だれかがひやかした。

「いいえ、おばけじゃないの、雷よ——それがとてもたいへんなの——」

藍子がそこでりょう手をひろげて、ピカッピカッなどといなびかりのまねをし、佐紀子がゴロッゴロッと大声をあげたが——みんなはほんものの雷でないから少しもおそろしがらずに、ただおもしろがって笑うだけだった。

「だめね、ほんとにけいけんしたものでないと、とてもそうぞうもできないわね、麻子さん」

藍子がいって、みんなのそうぞう力の貧弱なのをけいべつするような顔をした。

「それに大雨でしょう、風といっしょに、ざざあーっとはげしくうえから降り出すでしょう、かさ一本、だれも持っていないのよ」

こんどは佐紀子がせつめいやくになった。

「まあ、こまったでしょう、服がビショぬれでだいなしねえ」

とみんなは服のぬれてこまるてんだけは、ひじょうにそうぞう力をはたらかして同情してくれた。

「それで、どうなすって?」

好奇心のもち主らしい人がのり気になってきた。

「それからむちゅうで山道をかけのぼると、ちょうどそこに大きな樹が一本あったのよ、枝がこんもりしげっているから雨やどりにいいから、そのしたへわたしたちかたまって逃げこもうとしたの――」

「そう、それから――」

だんだんみんなもさきを早く聞きたいように、ねっしんになってきた。

「ところが麻子さんがしかるのよ、『そんなところへはいるとあぶない』って――そして、わたしたちをぐんぐんひっぱるようにして、山のうえまで雨のなかをかけあがったのよ」

「まあ、つらかったでしょう――」

同情者が声を出した。

「そしたら小さいお堂があったの、そこへわたしたちはいったのよ、雷はますますゴロゴロあたまのうえで、いまにも落ちてきそうにひびくし、すごいいなびかりはお堂のこうし戸から、たえずさしこむでしょう、まったく生きた気持しなかったのよ」

佐紀子はあのときの思い出をいっしんにかたりだした。

「ほんとにね、おそろしそうだわね」

だれもすこうし雷雨の山をそうぞうしたらしい。

「そしたら、いきなりすぐちかくで、ゴロゴロピシャリとおおきな音がして、とうとう雷が落ちたのよ、まるでわたしたちのうえに落ちたようにかんじたの」

「まあ、たいへんね、気絶なさらなかった？」

みんなに聞かれて佐紀子はすこしきまりわるがりながら、

「いいえ、気絶はしなかったの、でも、あのお堂のなかのふるい幕をあたまからかぶって――」

と、あのときのじぶんたちのいくじなしの告白をしかかると、藍子があわててとめた。

「佐紀子さん、もうそんな醜態のお話よしましょうよ」

と彼女の精神的虚栄心はとうてい、あの信州の山のうえのふるいお堂で、奉納とそめた幕をあたまからひっかぶって、あたまや顔をくもの巣だらけにさせたことを、しょうじきにクラスの人たちに発表するのは、どうしてもがまんができないのだった。

「ハハハア」

みんな、そのあわてて佐紀子の話をとめた藍子のそぶりで――もうすっかりわかったように笑い出してしまった。

「青柳さん、びっくりして泣き出したでしょう」

だれかが麻子をからかった。

「いいえ――麻子さんがいちばん落ちついてしっかりしてらっしたのよ、そしてあわてておろおろするわたしたちを守ってくだすったんですもの、ねえ、佐紀子さん」

藍子はじぶんの醜態を告白するのはいやだったけれども、そのときの麻子のりっぱな勇気とたいどは、どうしても紹介したかった。

「ええ、ほんとうよ、わたしたちが雨やどりをしようと思った大きな樹に、雷は落ちたんですもの、もし、麻子さんがとめなければ、わたしたちはいったいどうなったか！ね、麻子さんとてもえらいでしょう」

佐紀子は麻子のてがらをおひろめした。

「まあ、ほんとにえらいのねえ、青柳さんはまるで雷の神さまね」

一同はとうとう、麻子を雷の神さまにかつぎあげてしまった。

「青柳さんとごいっしょなら、いくら雷なってもだいじょうぶね」

みんなおおいに麻子に敬意をひょうしてしまった。麻子はこんなにクラスのひとに、雷の神さまあつかいされて、すこしまごまごした。けれどももう麻子は、あの夏の音楽会後の天才少女で、おもいあがったようなかるがるしいたいどを、二どとしようとは思わなかった。といって、べつにいじけても見せなかった。麻子の表情はなにごともなかったように、ニコニコして微笑していた。それは、麻子じしんこころのなかで――あの雷雨のお堂のなかで、藍子も佐紀子も知らない、一つの神秘な秘密を思い出したからだった。

あのお堂のなかのふるい鏡のおもてに、たしかにありありとうつった麻子の未来の顔！　麻子はそれをわすれずに、はっきりと心のなかにやきつけるようにおぼえているのだった。

あのとおりの顔をわたしはしなければならないのだわ、神さまがおしめしになったように、けなげなうつくしい愛情にみちたせつなの表情！

麻子は、その鏡のなかのあのときの顔にちかい表情をしなければと思った。そうおもうと麻子は眼をうごかすのにも、口をきくのにも、手をちょっとうごかすのにも大苦心だった。

それから二、三日、藍子や佐紀子は麻子とあそびながら、みょうに麻子がぎごちない表情とどうさをするのをおかしくかんじあった。

「ねえ、佐紀子さん、麻子さんこのごろみょうに気どっていらっしゃるわね、へんね」

藍子はこんなかげ口を佐紀子にそっとささやいたりした。

「ええ、へんよ、おかしいわ、どうなすったんでしょう」

佐紀子も気がついていたのだった。でもこのふたりは、この夏の山の雷雨でのお堂のくらがりに、麻子が鏡にじぶんの未来の顔を、いなずまのなかに見たとは知らなかったから、ただ麻子がみょうにきどった表情をするのが、おかしくってしかたがなかったのだった。

思い出の小箱

おばさまとマリ子ちゃんが日本をひきあげて、アメリカのおじさまのもとへかえる日がちかづいた。

まいにちおばさまは出立の荷づくりにおいそがしかった。麻子もよくお手つだいした。

おばさまがあちらのおみやげにと、日本のうるし塗りの蒔絵ものなど、トランクのなかへお入れになるのを見ると、麻子は思い出したように立ちあがり、じぶんの部屋からなにか持ち出してきておばさまのまえにしめした。

「おばさま、これおぼえていらっして?」

そういって麻子の手にしたものは、赤いうるしのうえに銀箔でちいさい白菊をかいたふるい小箱だった。

「ホホホ、これわたしが娘のころ、針箱にしていたものでしょう」

おばさまは思い出しておわらいになった。

「これね、おばさまがお嫁入りのとき、麻子いただいたものなの、そしてなかへこんなものをたくさんしまってありますのよ」

麻子はまだおさなかったころから『思い出《スーヴニール》』の小箱として、たいせつにいまも持っているそのあかい箱のふたをひらくと、なかには、むかしめずらしかったセルロイドの小さいキューピーさん、三つのころおばさまがあんでくだすった赤い毛糸の手ぶくろ――いまでは麻子の手はどうしたってはいりようのないかえでの葉のような小さい手ぶくろ、キャラメルの箱から出たカードや鉛のメタル、それにチョコレートの銀紙をいちいちとってまるめて、小さい手まりを作ったの、ナンキンだまの指輪、白いリボン、色ガラスのおはじき、千代紙、鎌倉へ遠足のとき海べでひろってきた貝が、ごていねいに綿につつんで貴重品あつかい――

「まあ、ずいぶんたくさん麻子ちゃんの記念品がご秘蔵してあること」

おばさまはすこしあきれて、それらの品を見ていらっしゃるうちに、いちまいの小さい写真を指さきにひろいあげた。

「さあ、これアメリカへゆくときお船で麻子ちゃんとうつしたものね」

おばさまもしみじみなつかしそうにそれに見いるのだった。それは麻子がだいすきなおばさまとのお別れをかなしがって、泣き顔をしてうつっているものだった。おかあさまが「これは麻子があんまりみっともない顔をしているから、人にもお見せできないね」とアルバムにおはりになれないでこまっていらっしたのを、麻子がちゃんととって、この記念の小箱におさめた品のひとつだった。

「それへんな顔でしょう、麻子いつでもそんな顔？」

麻子はこころぼそげに、ふるい写真をなさけなげにのぞきこんだ。

「ホホホホホ、ちがいますよ。このときは、おばさんを見おくるときのかなしいお顔だったのね。人はそのときどきを表情に持っているほうが、おなじ写真でも思い出になっていいでしょう、これは麻子ちゃんの小さいあのころを思い出させておばさまはだいすき」

と、おっしゃった。

「わたしね、この夏、あの雷に山で出あったとき、お堂の鏡にうつったように、いいお顔していたいと思うけれど、とてもたいへんなの、そう思うと息もつけないんですもの――」

麻子はとうとうおかしなことを白状におよんだ。

「ホホホホホ、まあ、麻子ちゃんたらそんな希望でまいにちいるの、どうりでこのごろへんにりきんだお顔しているとおもったら——ホホホホホ」

おばさまはとてもおかしくってしかたのないごようすでお笑いになった。麻子もさすがに、あんまりじぶんが子どもらしい願望をひそかにいだいていたのが、はずかしくなってまっかになってしまった。

「麻子ちゃん、じぶんでそう意識してもお顔はどうにもならないのよ、でも神さまは、麻子ちゃんのお顔が未来にはきっとこう美しくりっぱになるって、この夏、雷のなかで鏡にその未来のお顔をあらわしてくだすったのですもの、きっといまに、とてもいいお顔になるのよ——しぜんに」

「そう、そうかしら?」

麻子は、それがほんとだったら、どんなにうれしいだろうと思いつつも、まだはんぶんは信じかねるのだった。

「ほんとにそうよ、麻子ちゃんのその時の心が鏡にうつったんですもの——心さえ美しければ、顔かたちは神さまにおまかせしておけば、いいようにしてくださるのよ」

おばさまにそういわれると、麻子はあんまりじぶんの顔かたちにこだわって、息をつめるようにして、いい眼鼻だちをしめそうとしたおろかさと幼稚さが、しみじみはずかしくなった。

おばさまはそのあかい小箱のなかにきょうみをおもちになって、まだいろいろ見ていらっしゃると、いつか北海道の村の音楽会に、藍子と出演した音楽会の記念のプログラムが出てきた。

「まあ、これなのね、麻子嬢が天才少女になったたってお話は、ホホホホホ」

おばさまもすこし聞いて知ってらっしゃる、あのときのお話を思い出して、そのプログラムをごらんになった。

「麻子、それでとてもいい気になっていばっていましたのよ——」

麻子はあのころの鼻いきのあらかったじぶんを思い出すと、頬のほてるような気がした。

「こうなると、麻子ちゃんはもうおかしいわね。麻子さんが大人らしくていいわね、なかなかえらいんですもの、音楽会へ出たりして、ホホホホ、おばさまのいないあいだに、ずいぶん麻子さんはいろいろのけいけんをしたのね」

おばさまは、このいちばん愛している姪が、じぶんのいないあいだに、ひとりでさまざまの少女の世界におけるかなしみよろこびをへて、こんにちまでの心の成長をとげたのをおさっしになった。まいにちいっしょにくらしていられるお家の人たちには、かえってなれすぎて、その変化がわからないけれども、たまにかえってお会いになったおばさまには、するどくその姪の心の変化と成長がおわかりになるのだった。

「ええ、おばさまのいらっしゃらないあいだに、麻子にはいろいろなことがありましたわ——わたしがいつかちょっと家出をしたのごぞんじ?」

麻子はあのおさないころの夏の夕暮れ、かなしさにうたれて小さい家出をしたのを、おばさまにまずかたってしまわないと気がすまなかった。もしかしたら、かあさまもにいさまもねえさまも、もうわすれているような問題だったが——

「えっ、麻子さん、あなたが家出!」

おばさまもそれは初耳だった。

「桜子ちゃんが亡くなったときのことなの——」

麻子はうつくしい妹の死によって母がこころもみだれ、ついなにげなくもらした一言に、子ども心のうたがいをもって、灯ともしころの街をゆかた着のまま、ふらふらと、そして遠いとおいさびしい街通りの、とある家の門のまえにつかれはててたたずんだことまで、しずかにおばにものがたった。

「まあ、かわいそうに――」

おばさまはまゆをひそめて涙ぐまれた。わたしさえ家にいたら、この姪にそんなあわれなことはさせなかったのに――という表情だった。

「そして、そのお家のまどから『からたちの花』のうたがきこえたの――からたちのそばで泣いたよ、みんなみんなやさしかったよって――そしたら麻子も泣きたくなって、そこにしばらくいると、犬がほえるのでしょう、おうちのなかから人が出てきて――」

「まあ――」

おばさまは、そのときの小さい姪のいじらしいようすをそうぞうなさって、たまらなそうに麻子のかたをおだきになった。

「そのおうちが、あの貝沼藍子さんのおたくだったのよ、おばさま」

「そう――まあ――」

おばさまはなにかふしぎな物語でもお聞きになるように、眼をまるくなすった。

「それから、まだたくさんいろいろ、麻子は悪いこともいいこともしたのよ――」

麻子は親身になって聞いてくださるおばさまに、なにもかもうちあけてお話したかった。それはちょうど、僧院で神父さまに告白をきいていただいて、良心のいたみをかるくする信者のように、麻子はおばさまと別れていた長い年月のあいだのお話をみなしたかった。でもいちいちしていたら、いく日かかるかわからない——麻子はただかんたんに、じぶんの変化のあったおもなことだけはざっとお話した。麻子のお話を、いちいちとても感服して聞きいっていらっしたおばさまは、麻子の物語がおわると、うれしそうに眼をかがやかして、姪の手をつよくおにぎりになった。

「ほんとにつよい子だったのね、麻子さんはびんかんな気持を持っているために、ずいぶんたくさんの苦しみやかなしい思いや、それに過失やおもいちがいをしてくるしんだのね。でも、それがみんなひとつひとつあなたを成長させるのに役だって、こんなにいまの麻子さんになるまでそだってきたんですもの——神さまはいつもむだの苦しみをおあたえにはならないのよ、かならず苦しんだりかなしんだりしたあと、その人のこころをまえよりも、もっと強くおおしく、かしこく育ててくださるのよ。これからもまだまだ麻子さんはおとなになるまで、さまざまの心のけいけんをさせられるかもしれない——でもいままでのように、麻子さんはそのたびに、なにかじぶんの心をそだてて行けるとおもって、おばさまはあんしんしてアメリカへまたおわかれして行けますよ——」

このおばさまのことばは、ほんとに、しみじみと麻子の胸に、秋の小雨のしみいるようにしみいった。

おもえば、おさないときから、ひといちばい感情づよく、人に愛をもとめる欲望もつよく、しかし、夢見がちな少女が、ひとあしひとあしさまざまのこころの道をたどりきて、こうして成長してゆくひとつの見本こそ、この麻子だったのだ。

麻子は、これからもどんな苦しみもなげきも悲しみもよろこびも、みんなじぶんをそだててゆく心のかてとおもって、力いっぱいこれをうけとろうとおもった。

自愛を知りて

おばさまは秋びよりのある日の午後、マリ子ちゃんと、ふたたびニューヨークへ立ちかえるべく船出された。

横浜の波止場まで、麻子の一家はみんなお見おくりしたが、そのほかに藍子と佐紀子も、この夏の信濃の温泉場でや、あの雷の日にマリ子ちゃんと危難をともにしたのがわすれえぬゆえ、西洋人形のようなマリ子ちゃんに別れをおしんで、麻子と波止場に立ったのだった。

「ああ、記念撮影しましょうよ、ねえ」

藍子がこういってコダックをとりだした。おばさまとマリ子を中心に、麻子と佐紀子が立つのを一まい、こんどは藍子がはいって佐紀子がシャッターをにぎって一まい——。

「さようなら、ごきげんよく——」

「こんどマリ子くるときは、おねえさまぐらいのスターガールになってきますことよ」

マリ子ちゃんは、そんなおしゃまをいって、このおねえさまたちといちにんまえの握手をかわして甲板にのぼった。

やがて出帆のどらが鳴り——波が白くさわいで、船体はすこしずつ海をすべり——波止場の人たちはハンケチをふった。コバルトいろの秋の空は、船出の人に、見おくる人に、さやかな風をおくる。

二、三日して藍子が学校へいそいそともってきたのは、いつか横浜の波止場でとった写真をやきつけたものだった。

「麻子さん、とてもすてきよ」と出した二まいの写真を見ると、佐紀子がぎょうさんな声で、

「ええ、とても麻子さんがよくうつってよ」とほめあげた。麻子は写真のなかのじぶんを見て、ふたりの友だちにこんなにほめられてもおどろかなかった。なぜなら、お堂のなかにうつった未来の顔は、とてもそれどころでなかったから——わたしはまだあんないい顔の少女になるのには、神さまがおゆるしにならないのだ、麻子はそうおもった。

その日、お家へかえってから、麻子はあの『思い出《スーヴニール》』の小箱を出して、なかから数年まえのおばさまとおわかれの、おなじ横浜の海の船上でうつした写真をとりだした。そして、きょう藍子からわたされたのと見くらべた。それは、年令がちがうからかわっていた。でもやはり麻子だった。麻子は麻子だった。

おばさまへのおわかれを、子ども心に胸いっぱいに悲しんでいるその泣き顔もなつかしかった。

そのおなじ麻子がすこし大きくなって、心の変化とともにすこし気どって、おばさまやマリ子ちゃんや藍子たちとならんでいるきょうの写真も、やはりおさないときのどこかをつたえている麻子だった。

(わたしはいつまでもわたし——でもそれでいいのだわ、このわたしをこのままにたいせつにまもって——)

麻子は、もうあのお堂の鏡にうつった顔に、むりになろうとも思わなかった。

麻子がわが心をだきしめ、いつくしむ『自愛』の感情を知ったのは、その十五の秋の空に月みちるころであった。

『からたちの花』の思い出

内山基

吉屋信子さんの年譜によると、この『からたちの花』は昭和八年の作である。雑誌「少女の友」一月号から十二月号まで掲載されたものであった。

すると私が吉屋さんのお宅へ、来年度からの新連載のことについて、ご相談にうかがったのは、昭和七年の十月ころのことであったろう。下落合の中井駅の近くの丘の上にお宅のあった時分である。

そのころはまだ、このあたりは新興住宅地で近所には林扶美子さんも住んでいた。一―二度改造されたようだけれど、ちょっとスペイン風のしゃれたバンガローであった。

玄関をはいったロビーでいつもお話しするのだけれど、壁にはマリー・ローランサンの絵や、与謝野晶子さんの手紙の表装した額が飾ってあったりした。

「こんどの題はこんなことにしようと思っているのですよ」

と、吉屋さんは席にすわると、原稿用紙を私にしめされた。それには、

「みっともない子」

と書かれてあった。

「こんどは少し今までのテーマと変えて、ひとりの容貌の美しくない子の魂の発展を主題に書いてみようと思うんです」

吉屋さんは表題だけではなく、内容についての構想もある程度できあがっている様子で、新しい作品についての抱負をうれしそうに語られるのであった。

しかし私はこまってしまったのである。内容はもちろんそれで結構なのだが、問題はその表題であった。少女小説の常識でゆけば、表題はもっと美しいものであるか、ロマンティックなものであるはずだった。「みっともない子」とはあまりにもリアルでありすぎるのである。

「この表題は、もう少し考えていただけませんか」

と言うと、吉屋さんはもういちど表題の書かれた原稿用紙を見なおしながら、

「そうね。少し、リアルすぎるかしら」

吉屋さんには私の考えていることがよくわかっていられるのである。そしていろいろ考えられた末、

「じゃ、『からたちの花』にしましょう」

そういって、吉屋さんは新しく「からたちの花」という表題に書きかえられて私に渡された。

こうして新しい小説『からたちの花』は昭和八年の一月号から十二月号まで連載されたのである。

しかし、この『からたちの花』が終編に近づくにつれ、私は吉屋さんがこの小説の中で、今までの少女小説の型をやぶって、新しい日本の少女小説を創作しようとしていられる強い意欲を感じた。

自分の容貌の劣等感になやむ、女主人公麻子の悩みは、男女を問わず洋の東西を問わず世界共通のテーマである。

あの偉大なトルストイでさえ、若いころ、自分の容貌のみにくさになやんで自殺を考えたことがあったという。私自身の思い出だけれど、私の兄は、弟の私が見てもたいへん容貌のすぐれたかわいい少年であった。私はその兄に比較されて、小さい時分、どんなになやんだかしれなかった。

私には麻子の悩みがよくわかるのである。そしてその麻子がいろいろな遍歴を経て、ついに、自分の内的なものの発見と心の開眼に近づく過程は、私に大きな感動をあたえたのである。

『からたちの花』が終わったのち、私はやっぱりこの小説の表題は「みっともない子」にすべきであったと思ったのである。

大衆受けのみを考える編集者のさかしらが、せっかくの作家の創意もまげて「からたちの花」にしてしまった後悔が、その後いくたびか私の心の中にうずくのであった。

私はその後編集者として作家に対するときは、いつもこの後悔を自戒とした。目さきのことにのみとらわれがちな編集者的物の見方への反省を教えてくれた、これは記念の作品であり、そしてこの場所を借りて、吉屋さんに申しわけないことをしてしまったことを、心からお詫びをしたいと思っている。

内山基（編集者）

＊『からたちの花』（ポプラ社・一九七七年刊）より転載しました。

解説　棘をひそめて、香り高く

川崎賢子

吉屋信子「からたちの花」は、一九三三年一月から十二月まで『少女の友』に連載された。少女小説のイメージは挿絵画家とのコンビで方向付けられるところがあるが初出時の挿絵は林唯一で、同じ一九三三年に『婦人倶楽部』で連載中の「女の友情」でも、吉屋信子は林唯一と組んでいた。

「からたちの花」は一九三六年に実業之日本社から単行本が刊行され、好評のうちに版を重ねている。本書は、一九六七年ポプラ社版『からたちの花』を底本とした。これは著者生前最後に刊行された版である。

吉屋信子は一八九六（明治二九）年一月一二日新潟県で生まれ、官吏であった父の転任に従って栃木に移り住んだ。父、吉屋雄一は、この地で、下都賀郡長の職にあり、日本初の公害事件として歴史に刻まれる足尾銅山鉱毒事件に官の側からかかわり、鉱毒と闘う田中正造らが拠点とした谷中村の廃村処理の交渉にたずさわった。住民への対応に忙殺され、この間、幼くして世を去った信子の小さな弟の死を悼むいとますらなく奔走している。政府は地元の声を封殺し、鉱毒に抗議するリーダー格の田中正造の住む谷中村を廃村し、一九〇七年からほぼ十年をかけて住民を強制的に移住させたのである。家族の悲劇、田中正造の面影、矢面に立ち悪役にされた父のことなど、信子は後年エッセイ「私の見た人」（一九六三年）に記している。

父は家にあっては厳格であり、娘の感性や価値観とのすれ違いもあったようだ。信子は栃木高等女学校に学び、おりからあいついで創刊された少女雑誌に投稿を始め、頭角を現す。一九一六（大正五）年から『少女画報』誌に連載した短篇連作「花物語」で一躍人気作家となった。

いっぽうで吉屋信子は山田嘉吉・山田わか夫妻の私塾に出入りをして同時代の新しい女たちの思想に触れ、「花物語」連載と相前後して一九一六年『青鞜』六巻一号に詩「断章」、六巻二号に短篇「小さき者」を投稿したこともある。吉屋信子の少女小説は、同時代の尖端的な思想の潮流にも接していた。

さらに、『大阪朝日新聞』の懸賞小説に投じて一等に当選した「地の果まで」（一九二〇年）以降、大人の読者層を相手にした家庭小説、恋愛小説でストーリーテラーとしての才能をも発揮した。

吉屋信子は少女小説という閉鎖的なジャンル内における第一人者というには止まら

ない。社会的な意識や、国際的な感覚を秘めた書き手である。彼女は早い時期から「とくに女に読ませるためにと、手加減をした書籍なぞ有るのが馬鹿らしい」(「女性の読書考」『東京朝日新聞』一九二六(大正一五)年十月九日)と嘆いていた。実際には大正から昭和にかけての文壇に「特に女学生に崇拝されるからとか、若い婦人にのみ歓迎される作者だからといつて、文壇的にはそれを一種のてう笑の種に公然とする」(同前)傾向が暗黙の制度として形成されていた。作者についても読者についても、女性を一段低くみる、女性読者に歓迎される作者はかえって低くみられるといった、いわば書き手と読者層に対する評価の枠組みのジェンダー化が存在することを、吉屋は指摘している。少女小説ジャンルにおいて活躍すればするほどに(世俗のあるいは経済的な女性の成功者に対する男性の嫉妬混じりに)嘲笑の種にされることがありうる文壇のなかで、吉屋信子は倦まず弛まず書き続けた。俳句を嗜んだ彼女は晩年「秋灯　机の上の幾山河」と詠んでいる。机の上の仕事に人生を費やし、「幾山河」と例えられるほどおびただしい世界と人の世の転変を綴った作家の感慨がそこに表れている。吉屋の少女小説は、少女期のただなかにある読者にとっても、かつて少女であった読者にとっても、そのような猶予の時を持たなかった読者にとっても、様々な切り口から読めるテクストであろう。

　吉屋信子はまだ船と鉄道の旅の時代、一九二八（昭和三）年から一年ほどにわたり、パリを中心にヨーロッパをまわっている。潤沢な資金をもって旅していた吉屋信子は、貧乏旅行の日本人芸術家のあいだで、サロンのマダムかパトロンのような存在でもあった。帰国後、「紅雀」（一九三〇年）、「櫻貝」（一九三一年）、「わすれなぐさ」（一九三二年）と、長篇の少女小説を手がけて成功を収めた。「からたちの花」は吉屋信子充実期の長篇少女小説である。「花物語」など初期の短篇群では、少女たちは微細な差異にゆらぐ共同体であり、語り手としての〈私〉の書かれる対象の少女たちへの感情移入が著しかったのに対し、長篇では、少女をみまもる者としての語り手が成熟し、家庭や学校における少女たちの関係性を客観的に立体的に表し出そうと試みている。

「からたちの花」といえば、本文中にも言及される北原白秋作詞・山田耕筰作曲の文部省唱歌がすぐさま想い起こされる。一九二五年に発表されたこの歌は、多くの少女に愛唱され、今も歌い継がれている。

（引用）

からたちの花が咲いたよ。
白い白い花が咲いたよ。

からたちのとげはいたいよ。
青い青い針のとげだよ。

からたちは畑の垣根よ。
いつもいつもとほる道だよ。

からたちも秋はみのるよ。
まろいまろい金のたまだよ。

からたちのそばで泣いたよ。
みんなみんなやさしかつたよ。

からたちの花が咲いたよ。
白い白い花が咲いたよ。

匂い高き白い花、しかし棘をひそめた花。

吉屋信子の少女小説にはしばしば当時したしまれた歌曲、唱歌が引用されている。花のありようと少女のありようとを重ね合わせて読むなら、家族とぶつかり、友と時に容れ合わず、自分自身をもてあましがちな麻子の姿に、読者はたやすく、からたちの花に通じる何かをみいだすことができよう。

ところが、吉屋信子は、はじめ、この作品に「みっともない子」という題を用意していたのだという。本書にも収録された、『少女の友』の名編集長として知られる内山基氏の証言である。連載にさきだって吉屋宅を訪れた一九三二(昭和七)年十月ごろのこと、「ひとりの容貌の美しくない子の魂の発展を主題」にしたいと告げられたと述べている(内山基「『からたちの花』の思い出」一九七七年『からたちの花』ポプラ社文庫、解説)。「小さなたましいのけなげな成長の道」(吉屋信子「読者のみなさまに」同前)という主題は変わらなかったが、表題は「あまりにもリアルでありすぎる」という編集者の強い反対で現行のものに変えられた。「からたちの花」の誕生秘話である。もっとも内山氏は、後日、作家の創意を曲げて表題を変えさせたことを後悔したと述べている。「容貌の劣等感」について、内山氏は「男女を問わず洋の東西を問わず世界共通のテーマ」だと再発見したもののようである。

平凡な私、普通の私を肯定する物語、私の居場所を探す物語というのは、少女小説から現代の少女漫画に受け継がれたテーマでもある。が、「からたちの花」はひと味違う。吉屋信子の少女たちは、凡庸さを、世間に溶けこむための隠れ蓑にはしない。少女たちの親密な情愛の共同体を描いて定評のある吉屋信子が「からたちの花」では、母に愛されず、妹を妬み、友とすれ違う、いわば女社会に居所を得られない少女・麻子の魂の遍歴を辿っている。「みっともない子」というタイトルは取り下げられたが、麻子は、その容貌についてではなく、それ以上に、言動や屈折した心の動きについて繰り返し「変な子」「きばつな子」と評される。いつもなにかしらやりすぎてしまう、どこかしらちぐはぐなところのある麻子。麻子は、トゲのある、からたちのような少女なのだろう。だが愛されるためにトゲのない花になろうとはしない、それはできない。トゲのない木に咲く花はもはやからたちの花ではない。自身にもうまく操りかねる、異物としての少女性を、押し隠して周囲と同調するのではなくて、麻子はどのように付き合っていくのか。吉屋の少女小説のなかでも本作は、〈私〉と向かい合う少女のありようを表象して興味深い。とりわけ嵐のなか、鏡に映った自分を見つめる麻子の姿、そして日常に戻って再び鏡のなかに映る自分を見つめ直す麻子の姿、そこに再発見される平凡な〈私〉の価値という一連の象徴的なイメージのシークエンスは、単なるあるがままの自分の自己肯定の同語反復の物語ではなくて、平凡な〈私〉を見出すためだけにでも、どれほどの試練や、振幅が必要であるかを示す、ドラマティックな物語となっている。「からたちの花」は、少女が少女のままで〈私〉を再発見する、大人になることで解決するのではない、新しいタイプのビルドゥングスロマン（成長物語）なのである。

　愛されない子、才能に恵まれない子の悲哀や孤独、夢想、死への傾斜というモチーフは、実は、『青鞜』に投じた「小さき者」のなかにすでにあらわれていたものだった。「小さき者」の主人公「ふさ子」は、実の母親からも「妙にひねくれた可愛げのない子」とうとまれる、「沈鬱ないじけた子」である。学校では夢想にかまけて教師を怒らせ、体罰を受け、しかも忘れられがちな子だ。近代の未婚の女性たちは、もはや伝統的な家社会の共同体のなかの「娘」というカテゴリーのなかにだけ止まってはいられない。近代の未婚の女性たちのあいだには、家族の外で、学校といういまひとつの共同体に身を置く者も増えていく。彼女たちに課せられているのが良妻賢母教育や、家族共同体に適応するための教育であるにしても、学校に居場所を得るためには家のなかの娘の才覚にくわえて、学力や社交の才、教師の愛などが必要である。吉屋信子の少女小説は、ほとんどが家庭や学校生活を舞台に、一見、少女の美意識や情愛の微細な差異に没入するマンネリズムの物語展開であるようでいながら、少女たちの多様性が書き分けられ、目立たない少女、意気地のない少女、勉強のできない女学生など、家にも学校にも居場所のない少女を扱った作品がことのほか多い。

家のなかの「娘」としても疎外感を味わい、「女学生」としても落ちこぼれがちな彼女たちの、失意や不安、居所のなさは、より切実に空想の世界を求める。物語や歌の世界は、「少女」という幻想の共同性のメディアであり、「少女」という幻想のカテゴリーは「娘」としても「女学生」としても挫折した彼女たちにとって、わずかに残された可能性である。彼女たちの傷も、反抗も、願いも、いずれもささやかなものつつましいもので、近代的自我などという大上段に構えたありようではないのだけれど、「娘」「女学生」として安住できない彼女たち「少女」を描いたがために、吉屋信子の少女小説には、いま読んでもどこかしら現代的なところがある。孤独や疎外が響きあって、少数派の少女の物語が少女小説として、小説としての普遍性を帯びる。

少女は多様である。そして多様性は、少女に手を差し伸べる年長の女性たちにもある。友人の母親は、夫を亡くしたものの、音楽の才能に恵まれた大人の女性だ。麻子びいきのおばさまは、アメリカに暮らすモダンな若い母だ。「からたちの花」が発表された一九三三年といえば、パリの国立音楽院を最優秀で卒業した原智恵子が日比谷公会堂で凱旋リサイタルを開いた年であり、アメリカでは新大統領フランクリン・ルーズベルトがニューディール政策に着手した年でもあった。モダニズムやアメリカニズムは、その時代の大人の女性たちのあいだで多数派のスタイルとはいえず、むしろ、それ以後の国策によっておさえこまれていく。ところが、その少数派である大人の女性たちに麻子はずいぶんとたすけられる。

いっぽうで同じ一九三三年が、ドイツでナチスが政権を掌握した年、作家の小林多喜二が拷問で殺された年、日本が国際連盟を脱退した年でもあったことをふりかえると、「からたちの花」というテクストに、そのような戦争に向かう時局が、ほとんど影を落としていないことに、いまさらながら気づかされる。
「からたちの花」は歴史の転変を超越した物語であるようにみえるけれども、それでも、日本が戦争の道筋を進みつつある時代にこれが書かれ、少女たちに迎えられ、戦争に敗れてアメリカに占領された時代にも読みつがれたことの意味を考えさせられる。現代の読者は本書をどんな風に読むだろう。

川崎賢子（文芸・演劇評論家）

＊本書は、『からたちの花』（ポプラ社・1967年刊）を底本としました。
＊今日の人権意識に照らして不適切と思われる語句や表現については、
時代的背景と作品の価値をかんがみ、そのままとしました。

扉絵 『少女の友』（実業之日本社・1934年9月号）県立神奈川近代文学館所蔵

からたちの花　吉屋信子少女小説集1

2015年9月10日初版第一刷発行

著者：吉屋信子

発行者：山田健一

発行所：株式会社文遊社

東京都文京区本郷4-9-1-402　〒113-0033

TEL: 03-3815-7740　FAX: 03-3815-8716

郵便振替：00170-6-173020

装画：松本かつぢ

装幀：黒洲零

印刷：シナノ印刷

乱丁本、落丁本は、お取り替えいたします。

定価は、カバーに表示してあります。

　ISBN 978-4-89257-131-2